KB242961

산속의 가을 저녁 山居秋暝

빈 산에 새로 내린 비 막 갠 뒤
날 저물자 가을이 깊어졌다
밝은 달 소나무 사이로 비치고
맑은 샘물은 돌 위로 흐른다
대나무 숲 시끄럽게 빨래하는 아낙네들 돌아가고
연꽃 요동치게 고깃배가 내려가네
봄날의 향기로운 꽃 없어진들 어떠리
은자만 절로 머물만 한 것을

空山新雨後　天氣晚來秋　明月松間照　清泉石上流
竹喧歸浣女　蓮動下漁丹　隨意春芳歇　王孫自可留

개방각하

丐帮閣下

개방각하 6
도욱 新무협 판타지 소설

초판 1쇄 찍은 날 § 2005년 1월 25일
초판 1쇄 펴낸 날 § 2005년 2월 5일

지은이 § 도욱
펴낸이 § 서경석

편집장 § 문혜영
편집 § 장상수 · 김희정 · 한지윤
마케팅 § 정필 · 강양원 · 이선구 · 김규진 · 홍현경

펴낸곳 § 도서출판 청어람
등록번호 § 제1081-1-89호
등록일자 § 1999. 5. 31
어람번호 § 제2-0516호

주소 § 경기도 부천시 원미구 심곡1동 350-1 낙성B/D 3F (우) 420-011
전화 § 032-656-4452 팩스 § 032-656-4453
http://www.chungeoram.com
E-mail § eoram99@chollian.net

ⓒ 도욱, 2004

ISBN 89-5831-406-0 04810
ISBN 89-5505-215-7 (SET)

丐幇閣下

개방각하

6

영웅비가(英雄悲歌) 완결

Fantastic Oriental Heroes

도욱 新무협 판타지 소설

도서출판
청어람

제6권
영웅비가(英雄悲歌)

| CONTENTS |

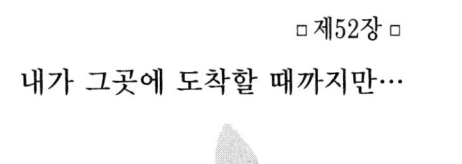

□ 제52장 □

내가 그곳에 도착할 때까지만…

내가 그곳에 도착할 때까지만…
─자욱한 먼지를 흩날리며, 무대봉의 모습은
순식간에 관도 위에서 사라져 갔다

"네가 그동안 안두인터럼 이곳저곳을 다니며 별 탐견 다했다면서? 그러니 각하가 없는 동안 달할 두 있을 거라면서… 나더러 너한테 그렇게 전해두래."

"……?"

"앞으로 달 부탁해, 권한 대행님. 히히."

환규는 히죽 웃었다. 하지만 가옥은 결코 웃을 기분이 아니었다.

"대체 각하가 어디로 간 건데?"

"그것까던 모르디. 다데한 얘긴 안 해둬뜨니까. 하디만 아마 금방 올 거야."

"그건 어째서?"

"만약 오래 걸릴 것 같으면 다람들을 모아 덩딕으로 회의를 하고, 그 다음에 너한테든 누구한데든 대행을 맡겨뜰 테니까. 늘 그래떴거든."

'이… 이 인간이 대체 어디로 튄 거지?'

가옥은 서서히 분노가 치밀어 올랐다.

어딜 가면 간다고 의당 예비 신부인 자신에게 보고했어야 마땅함에도 불구하고 아무런 소리 없이 사라졌으니.

그렇지 않아도 요즘 들어 슬슬 자신을 멀리하는 것이 왠지 기분 더러웠는데 막상 이런 일까지 당하고 보니 모든 피가 머리 꼭대기로 치솟아오르는 것 같은 심한 배신감을 느꼈다.

이렇듯 배신감에 치를 떨고 있는 그녀에게 정신이 번쩍 들 만한 소리가 들려왔다.

"내 댕각엔… 광한이한테 간 것 같아……."

혀 짧은 환규의 음성이었다.

"광한? 잠시 이곳에서 학사로 있었던… 북궁월인가 하는 그 전쟁 영웅 말야?"

"그래. 요즘 광한이가 각하의 꿈에 다꾸 나타난대. 그래더 두부래 형에게 해몽을 해달라고 햇떠니… 너무 안 도았나 봐."

"예, 맞아요. 그것 때문에 주부래 단주님이 각하님께 죽도록 얻어터졌어요. 꿈을 너무 나쁘게 해몽했다고……."

동팔이가 끼어들며 환규의 말을 거들었다.

"단지 꿈이 안 좋았다고 가까운 곳도 아닌 멀리 전선에 있는 그 작자에게 갔단 말야? 각하처럼 자기 발 닦는 것조차 귀찮아하는 게으른 사람이?"

가옥은 이해할 수 없다는 표정으로 고개를 갸웃거렸다.

"우리 각하가 다른 다람은 몰라도 광한이 문데라면 틍분히 그럴 두 있다. 각하가 황궁에 가더 공돈등당 패거리를 몽땅 때려답은 것도 광한이의 복두를 대단해 두고 딥엇떤 것일 덩도엿뜨니까."

쾌두두두!
관도 위를 무서운 속도로 질주하는 인마(人馬)가 있다.
무대붕과 그의 애마인 천비였다.
"임마! 뭐 해? 달려. 좀 더 빨리빨리!"
하루에 천 리를 달릴 정도의 엄청난 속도였음에도 불구하고 무대붕은 채찍질까지 해대며 계속 천비를 독려했다.

…꿈을 믿는 건 아니다! 하지만 기분이 더러운 것은 어쩔 수가 없다. 내가 갈 때까지만, 내가 그곳에 도착할 때까지만 아무 일이 없기를.

쾌두두두!
자욱한 먼지를 흩날리며…
무대붕의 모습은 순식간에 관도 위에서 사라져 갔다.

'그러니까 정혼녀인 나보다도 그 자식이 더 중요하다는 거야, 뭐야? 어떻게 정혼자보다 한때 자신의 부하였던 인물을 더 소중히 생각할 수가 있지? 난 그 어떤 사람보다도 최우선이 각하거늘……'
가옥은 또다시 기분이 더러워지기 시작했다.
'이 인간 취향이 설마 여자보단 남자……?'
그녀의 생각은 무대붕을 동성 연애자로까지 발전시켰다. 그러나 이내 세차게 고개를 저었다.
'그럴 리는 없어. 열다섯 나이 때부터 기루를 출입한 인간이고, 잘빠진 여자라면 지금도 침을 질질 흘리는 그런 인간이니까. 그럼 결국 애정이 아닌 우정 때문이란 얘긴데… 이런 씨! 그럼 뭐야? 결국 나에 대한 애정이 그자에 대한 우정만도 못하다는 얘긴가?

무엇을 어떻게 생각해 봐도 결론은 하나였다.

어쨌든 기분이 더러웠다.

"가옥 대행아! 오늘 단두들 회의가 있는데… 언데 모이라고 할까?"

환규가 오늘 예정된 일정에 관한 얘기를 꺼내자 가옥은 버럭 성질을 부렸다.

"젠장! 내가 지금 회의를 주관하게 생겼어?"

"……?"

"어디야, 광한이란 자가 참여하고 있는 전선이?"

"그걸 알면 어떠려고……?"

"지금 그걸 몰라서 묻는 거야?"

가옥은 마치 악다구니를 치듯 소리쳤다.

가옥!

비록 임시지만 각하 권한 대행이라는 막강한 보직이 눈앞에 놓여져 있건만 그녀의 마음은 어느덧 무대붕의 뒤를 쫓아서 달려가고 있었다.

과연 그녀는 누구라도 인정할 수밖에 없는 무대붕의 짝이었다.

*   *   *

"적도들을 격퇴하라!"

하북팽가의 가주 팽염은 자신의 제자들을 향해 전장의 전역이 울릴 정도로 크게 소리를 질렀다.

전장의 곳곳엔 불이 붙어 있었고, 서로 죽고 죽이는 치열한 난전이 계속되고 있었다.

빠각!

말 위에 타고 있는 상대 병사의 머리 높이까지 뛰어오른 팽염은 병사의 가슴을 걷어찼다.

꽈당당!

병사는 말 아래로 격렬하게 나가떨어지고, 팽염은 마상에 올라탔다.

두두두두!

팽염은 그대로 말을 몰고 직진하며 금마국 기병들을 향해 도광(刀光)을 폭사했다.

번쩍! 카카칵!

"으아악!"

"크악!"

분수 같은 피화살이 사방으로 확산되었다. 단 두 번의 움직임이었건만 네 명의 기병이 꼼짝 못하고 목을 잃었던 것이다.

"멈춰랏! 네놈의 상대는 여기 있다."

콰두두두!

쩌렁한 폭갈과 함께 눈이 부시도록 머리가 번쩍거리는 사내가 그의 앞으로 달려왔다.

순간, 팽염의 눈에 당혹이 스쳤다.

"도… 독두귀마 골회……?"

그렇다. 번쩍이는 대머리의 사내는 십오 년 전 독두파라는 선서성 최대의 사파 집단을 이끌던 마두인 독두귀마 골회였다.

"호홍~ 누군가 했더니 천표 오빠였구나. 나, 기억하지?"

육갑해는 특유의 코맹맹이 소리를 내며 마상에서 뛰어내렸다.

허공을 향해 뻥 뚫린 들창코에, 멍게처럼 울퉁불퉁한 피부.

정말 징글맞게도 못생긴 사내의 모습을 보자 무천표의 눈은 휘둥그레졌다.

"넌… 사천변태?"

"역시 오빠도 날 잊지 않았구나. 하긴 한때 우린 찐한 사랑을 나눌 뻔한 사이였으니까… 호호홍~"

"사… 사랑? 우욱! 이… 이 정신 나간 놈아, 그게 무슨 말 같지 않은 개소리냐?"

무천표는 얼굴을 시뻘겋게 붉히며 더듬거렸다. 동시에 육갑해와의 아름답지 못한 추억이 떠오르자 먹은 게 모두 목 끝까지 올라오는 것 같았다.

십 년 전, 무천표가 사천의 지부장으로 나가 있을 때였다.

모처럼 눈먼 돈이 생겨 기루에 가서 밤새도록 술을 마시다가 뻗은 적이 있었다. 잠결에 자신을 애무하는 손길을 느꼈는데 그는 당연히 기녀의 손이라 생각했다.

하지만 기녀의 손치고는 너무 크고 투박한 것이, 그리고 코맹맹이 소리가 왠지 이상하다 싶어 눈을 떴더니만, 들창코에 멍게 같은 사내가 바로 옆에 누워서 자신을 더듬고 있었으니 그 얼마나 경악할 일이었겠는가?

그때 술이 깨서 한바탕 혈투를 벌이다가 벌거벗은 상태로 도주했기에 다행이었지, 만약 조금만 늦었다면 무천표의 인생에 평생 두고두고 후환이 남을 뻔한 일이 생겼을 것이다.

다시는 돌이키고 싶지 않고 영원히 뇌리 속에서 지워 버리고 싶은 그날의 추잡한 기억을 떠올려 주며 말 같지 않은 소리를 지껄이고 있으니 아무리 비위가 좋은 무천표라 할지라도 결코 멀쩡할 수는 없었다.

"우웨엑! 웩!"

"어머… 오빠! 왜 그래? 오늘 아침에 뭘 먹었길래……."

"이… 이런 제기랄! 그놈의 오빠 소리 좀 그만 할 수 없냐, 이 변태 새꺄?!"

"어머머! 이 오빠가 기껏 걱정해 줬더니만 사람 성의도 모르고 욕을 하네? 오빠가 나한테 그래도 되는 거야? 그런 거야?"

육갑해는 너무도 섭섭하다는 듯 눈물까지 글썽거렸다.

"변태야! 그렇지 않아도 그때 취한 술이 안 깨는 바람에 네놈을 박살 내지 못한 게 아직까지도 한으로 남아 있는데 아무튼 이렇게 다시 만나니 더럽게 반갑다. 그러니 제발 말 같지 않은 소리만 골라서 지껄이는 그놈의 주둥이 좀 닥쳐라!"

츄앗!

무천표는 버럭 소리치며 주저없이 창을 뻗었다. 창이 노리는 곳은 바로 육갑해의 입이었다.

"어머!"

육갑해는 황급히 피했다. 그러나 얼굴만 놀라는 표정이었을 뿐, 신법은 신속했다.

"오빠, 이제 보니 내가 싫어진 거구나!"

"오냐! 너 같은 변태 새끼만 보면 구역질이 나서 미칠 지경이다. 그러니까 그냥 깨끗하게 좀 뒈져 줘라. 주둥아리 좀 나불거리지 말고!"

츠츠츠츳!

창날은 더욱 섬뜩한 빛을 폭사하며 육갑해의 허리를 쓸어갔다.

"허걱!"

점차 예리해지는 강맹한 공세에 육갑해는 더 이상 이죽거리지 못하고 전력을 다해 허공으로 솟구쳤다.

"이 이빨 빠진 거지 새꺄! 그래, 좋다. 어디 한번 붙어보자."

언제 애정 어린 눈으로 오빠라고 불렀냐는 듯 육갑해의 눈엔 살기가 번들거렸다.

쐐애액!

마치 비단 폭이 잘라지는 듯한 음향과 함께 육갑해의 기형도가 허공에 빛을 뿌리기 시작했다.

변태난도(變態亂刀).

한때 육갑해를 사천성 삼 대 마두로 불리게 했던 그만의 독문절기였다. 본래의 초식 이름은 방두산(方斗山)인데 뼈를 깎는 수련 끝에 창안한 무술이라 해서 본인은 방두난도(方斗亂刀)라고 했지만 세인들은 변태가 쓰는 무술이라 해서 변태난도라고 불렀다.

언뜻 보기엔 그의 생김새만큼이나 무질서한 마구잡이 도법처럼 보여졌으나 동작 하나하나가 모두 상대의 사혈(死穴)만을 골라서 노리는 매우 패도적인 도법이었다.

촤촤촤촹!

한데 사천의 삼 대 마두답게 육갑해의 연쇄 공식은 거칠고 섬뜩했으나, 무천표는 결코 술만 잘 마시는 거지가 아니었다. 개방 내에서 타구십팔초식(打拘十八招式)을 가장 완벽하게 구사하는 절정의 고수였다. 또한 어떤 병기로도 타구십팔초식을 펼칠 수 있는 놀라운 적응력을 가진 무인이기도 했다.

챙! 채챙—!

도와 창날이 연속적으로 맞부딪치자 날카로운 금속성과 함께 불꽃이 마구 튀었다. 그리고 두 사람의 위치는 어느덧 서 있던 자리에서 각기 반대편으로 바뀌어졌다.

"호홍~ 이빨 빠진 거지 새끼가 제법이네……."

"듣기 싫다, 변태야. 아무리 좋은 얘기라도 네놈 주둥이에서 나오는 소리는 뭐든지 듣고 싶지 않으니까 그냥 조용히 좀 뒈져라."

"호홍~ 아직 진실한 짝도 못 만났는데 어떻게 벌써 죽냐? 난 억울해서 못 죽으니까 네가 좀 죽어라!"

육갑해는 냉갈을 치며 허공 높이 도약했다. 그와 동시에 섬뜩한 도광이 무천표의 정수리를 수직으로 내려쳤다.

퍼억!

둔탁한 파육음이 터졌다.

예상대로라면 무천표의 정수리가 갈라졌어야 한다. 그러나 뜻밖에도 그 파육음은 육갑해의 목에서 터져 나왔다.

"꺼… 어… 억……."

육갑해는 어떻게 자신의 목에 무천표의 창이 관통했는지 도저히 믿을 수가 없었다. 그는 무천표의 동작을 전혀 보지 못했던 것이다.

"마… 말도… 안… 돼… 꺼억……."

스르륵… 쿵!

육갑해는 대지 위에 머리를 처박은 후에도 자신의 죽음을 믿지 못하겠다는 듯 눈을 크게 뜨고 있었다.

"임마! 그게 무슨 초식인 줄 알아? 타구십팔초식 중에서 열일곱 번째 초식인 섬(閃)이다! 말 그대로 번쩍이는 순간 상대의 숨통을 끊는 무술이지. 뒈져도 그리 억울하진 않을 거야, 이게 상당히 고급 무술이거든."

무천표는 어째서 육갑해가 죽을 수밖에 없었는지 그 이유를 설명해주고는 벼락같이 고개를 돌렸다.

"그나저나 이 생쥐 같은 비무기 자식은 어디로 튀었지?"

그렇다.

비무기는 이미 중원의 기병들과 난전을 벌이고 있는 금마국 기병들의 뒤로 멀찌감치 도망쳐 있었다.

그것도 비교적 안전한 곳이다. 물론 전장에서 안전한 곳이 어디 있겠냐마는 일단 마인귀와 갈포악이라는 믿음직한 고수들이 싸우고 있는 지역인만큼, 자신이 있는 곳은 안전 지역이라고 비무기는 믿었다.

'쓰가발! 무씨 집안 인간들은 왜 한결같이 무술이 저렇게 쎈 거야? 죽은 무천승 그 인간을 비롯해서 아들인 대붕이, 그리고 무천표까지……'

육갑해가 쓰러지는 모습을 보니 무씨 가문의 인간들이 더욱 증오스러워졌다. 그러나 뼛골 깊숙이 새겨져 있는 무씨 가문에 대한 분노를 표출하는 건 안타깝게도 그의 능력 밖의 일이었다.

때문에 그의 입장에서는 금마국이 반드시 대륙을 뒤집어엎어야 한다. 그래야만 자신이 무씨 가문에 복수할 수 있는 기회가 생길 테니 말이다.

비무기는 육갑해가 무천표를 꺾지 못하고 오히려 거꾸러졌다는 아쉬움을 뒤로하고 시선을 돌렸다.

차차창! 채앵!

골회와 팽염도 어느새 마상에서 내려선 상태로 혈전을 벌이고 있었다. 주변의 대기가 흔들리며 한 치의 앞을 내다볼 수 없는 대접전.

팽염이 하북 제일의 고수이듯, 골회 역시 무림공적으로 몰리기 직전까지는 산서 최강의 고수였다. 더욱이 도법에 관한한 정사(正邪)를 망라하고 자신이 최고수라고 생각하고 있는 그들의 혈전이기에 더욱 승부를 예측할 수가 없는 그런 상황이었다.

또 다른 중원 무림인들은 역시 금마국의 우산 아래 들어온 흑도 무림인들과 선별된 팔백여 명의 토벌군이 힘을 합쳐 팽팽한 맞대응을 하고 있다.

금마국 군사들의 입장에서 보면 가장 적은 수의 흑도 무림인들이 배치된 곳이 바로 이곳 산서 전선이다. 하지만 흑도 무림인과 일부 토벌군 연합으로 형성된 병사들은 결코 물러섬없이 중원군을 상대로 맞부딪쳤고, 전세를 유리하게 이끌어나가고 있었다.

이곳의 전투는 무술 실력으로만 따진다면 금마국에서 다섯 손가락 안에 든다는 구타이 장군이 직접 선두에 나서서 격전을 이끌고 있었다. 아무리 지원군들이 몰려왔다 해도 시간이 흐르면 결국 주도권을 다시 잡을 수 있을 것이라고 비무기는 판단했다.

더욱이 기병과 기병의 불꽃 튀는 대규모의 기병전.

이건 오래 생각하고 말 것도 없었다. 금마국 기병이 모든 면에서 우세했다. 상대의 기세에 잠시 흔들렸지만, 신속히 대열을 정비한 금마국 기병들이 또다시 전력의 우위를 보이며 상대 기병들을 무참히 도륙하고 있었기 때문이다.

중원의 보병들은 약세인 자신들의 기병을 돕기 위해서 금마국 기병들을 공격했다.

이히힝! 꽈당탕탕……!

"으악!"

"크아악."

중원의 보병들이 약세인 기병들을 돕고자 사방에서 창을 찌르며 공격해 들어가니 금마국의 기마도 곤두박질칠 수밖에 없었다.

하지만 보병의 손실이 너무 막대했다.

기마 한 기를 쓰러뜨리는 데 중원의 보병 열 명이 죽어나가는 꼴이었기 때문이다.

두두두.

콰콱! 콰콰콱!

"으아악!"

하남 전선에서 지원을 받았기 때문에 그나마 병력의 숫자가 서로 팽팽한 입장이었다. 하지만 이런 식으로 숫자를 줄여 나간다면 명백한 중원군의 패배다.

'흐흐… 병력의 수는 비슷해도 기병의 전투력에서 압도적인 우위를 차지하고 있는 만큼… 결국 승리의 칼자루는 우리의 손에 들어오게 될 것이다.'

비무기는 돌아가는 상황을 일일이 훑어보며 득의만면한 미소를 지었다. 그러나 아무리 잔머리가 잘 돌아가는 비무기일지라도 전혀 계산하지 않은 게 있었다.

모두가 성안에서 일대 혼전을 벌이고 있는 이 순간, 북쪽 성루 끝에 우뚝 서서 장내를 주위 깊게 내려보고 있는 인물이 있다는 것을.

"끼요오오옷—!"

우뚝 서 있던 인물은 한참 동안 장내의 상황을 지켜보고는 드디어 괴성을 지르며 전장의 한복판으로 쏘아가기 시작했다.

마치 빛살처럼 날아가는 사내.

그는 바로 광마불이었다.

콰직!

광마불의 손에 쥐어져 있는 검은 여의묵봉이 지면을 수평으로 갈랐다.

이히힝!

"우와악!"

꽈다당탕!

그가 휘두르는 묵봉에 순식간에 다섯 기마가 바닥에 곤두박질을 쳤다.

"아니? 뭐… 뭐야, 저 늙은이는……?"

마인귀는 느닷없이 나타나 기병들을 신나게 쓰러뜨리고 있는 노인을 보고 일단 놀랐다.

"허걱! 과… 광마불이잖아?"

그러나 다음 순간 그 노인이 광마불이라는 것을 알고는 입에 거품을 물 정도로 경악했다.

이이힝! 히힝!

콰당! 우당탕……!

광마불이 휘두르는 묵봉에 금마국이 자랑하는 기병들이 추풍낙엽처럼 계속 쓰러지고 있었다.

광마불.

그가 처음부터 전투에 참여하지 않은 것은 놀라운 기세로 움직이는 수천여 기병들의 모습 때문이었다.

사람의 키만한 말 위에 앉아서 성난 노도처럼 밀려들었다가, 때로는 여러 갈래로 흩어지는 등 자유자재로 움직임을 보이는 기마대의 움직임에 그 역시 몹시 당황했다.

그가 아무리 산전수전에 공중전까지 다 겪은 천하제일인이지만 이렇게 조직적으로 움직이는 수천의 기마병을 상대하려니 긴장도 긴장이지만 일단 막막했다.

무사와 기마병의 차이는 너무도 크다.

기마는 그 큰 높이로 일단 한 번에 그 움직임이 시야에 들어오질 않는다. 하여 무사도 아닌 인마(人馬)를 어떻게 상대해야 할지 난감했는데… 문득 쓰러지는 기병을 보고 방법을 찾았다.

일단 선두에서 거침없이 병사들을 짓밟으며 쇄도하는 말의 다리를 몽땅 부러뜨리겠노라고!

이히힝!

우당탕… 꽈다당탕……!

광마불이 묵봉을 한 번 휘두를 때마다 무섭게 장내를 휘젓던 인마들이 추풍낙엽처럼 나가떨어졌지만 그래도 그 숫자가 워낙 많았다.

기병 하나가 활을 뽑아 들었다.

사정권 안으로 들어서면 광마불의 묵봉에 의해 여지없이 곤두박질칠 것이 뻔했기 때문에 떨어진 상태에서 활을 겨냥했다.

그러나 안타깝게도 그는 활을 쏘지 못했다.

콰악!

"으아악!"

무천표가 던진 창이 그보다 먼저 그의 목을 관통했기 때문이다.

비록 술로 맺은 관계였지만 그들은 서로가 서로를 아끼는, 너무도 우애가 두터운 아름다운 형제였다.

"이 자식들아! 우리 형님은 내가 엄호하고 있으니까 어디 또 딴 수작 부릴 테면 부려봐! 부려보라고!"

무천표는 광마불이 맘껏 말의 다리를 후려칠 수 있도록 기병들을 향해 창을 날렸다.

완벽한 형제들의 합공에 기병들의 한 축이 무너지기 시작했다.

'이… 이런 쓰가발! 귀신들은 대체 뭘 하는 거야, 저런 늙은 퇴물이 아직도 난장을 부리도록 내버려 두다니…….'

비무기는 강호인의 평균 수명대로라면 이미 오래전에 죽었어야 마땅한 광마불이 아직도 정정한 모습으로 기병들을 마구잡이로 쓰러뜨리자 그를 아직까지 데려가지 않은 하늘이 너무도 원망스럽게 느껴졌다.

그렇지만 원망만 하고 있을 상황은 아니었다. 무조건 일단 이 전투는 승리를 해야 한다. 그래야만 자신이 더 큰 출세든 뭐든 할 수가 있는 것이다.

"저 늙은이 때문에 우리의 기병들이 쓰러지고 있다. 어서 일제히 저 영감을 향해 활을 쏴라! 그래서 영감을 고슴도치로 만들어 버려라!"

비무기는 한쪽에서 보병들과 싸우고 있는 토벌군의 이진을 향해 소리쳤다.

피이잉!

쐐액! 쐐애액!

수많은 화살들이 광마불을 향해 쏘아갔다.

"헉! 혀… 형님, 어서 피하십쇼."

무천표는 다급하게 소리쳤다. 그러나 광마불은 마치 예상이라도 했다는 듯, 말의 다리를 후려치기 위해 숙이고 있던 허리를 곧추세웠다.

그리고 여의묵봉의 중심을 움켜쥐더니 마치 그것을 돌리기 시작했다.

위이이잉!

광마불의 신형 앞에서 마치 바람개비처럼 무서운 속도로 돌아가고 있는 여의묵봉.

그와 동시에 그의 주변에 형성되는 강기.

타타타탁… 탁… 탁…….

그를 향해 엄청난 기세로 발사된 화살들은 경이롭게도 그가 돌리고 있는 여의묵봉에 부딪쳐 떨어질 뿐, 어느 하나도 그것을 뚫질 못하는 것이 아닌가!

"으헉… 저… 저럴 수가?!"

토벌대는 자신들이 쏜 그 많은 화살들이 광마불의 손끝 하나 건드리지 못하고 있다는 사실에 그만 활을 쏠 의욕을 잃고 말았다.

특히 비무기는 난생처음 보는 신기(神技)에 눈을 휘둥그렇게 뜨고 입을 쩍 벌렸다. 그의 짧은 무술 수준으로는 도저히 상상조차 할 수 없는 황당한 무공이 바로 자신의 눈앞에서 펼쳐지고 있다는 사실이 그저 놀랍기만 할 뿐이었다.

그러나 놀람은 그게 시작이었다.

"끼요오옷!"

광마불은 괴성을 지르며 허공으로 솟구쳤다. 그리고 무서운 기세로 여의묵봉을 공중에서 휘젓기 시작했다.

슈콰콰콱!

일격에 무너지는 대여섯의 기마.

그의 여의묵봉 끝에서 엄청난 기운이 이글거린다.

그 기운은 마치 손오공의 여의봉처럼 길게 늘어나더니 무서운 내력을 발산했다.

콰쩍!

"크아아악!"

공중에서 내려찍는 일격에 말과 사람이 한꺼번에 두 동강이 났다.

콰앙! 콰콰콰쾅!

순식간에 삼십여 기의 인마가 무너졌다.

인간의 능력을 초월한 가공할 무공이었다.

소림의 조사(祖師)인 달마가 헌신한다 해도 이만한 무공을 보일 수 있을 것 같진 않았다.

광마불!

과연 그는 최초로 소림칠십이절예를 대성한 최고의 무골이었고, 천하제일인이었다.

퍼억!

여의묵봉으로 정면을 겨누니 인마가 통째로 박살나 버렸다. 형체조차 구별할 수 없는 상태로.

뒤에서 달려오던 기병은 그 모습에 움찔거리며 자신의 행동을 후회했다.

뻐걱!

그러나 안타깝게도 후회는 늦었다. 말의 머리와 그의 몸통이 여의묵봉에 의해 통째로 날아가 버렸다.

"마, 맙소사⋯⋯. 인간도 아냐, 저 영감탱이는⋯⋯."

비무기의 얼굴은 사색이 되었다.

광마불의 주변에 즐비하게 쌓인 기병들의 시체는 이미 헤아릴 수 없는 정도였다.

실로 너무도 순식간에 벌어진 참극이었다.

"으으……."

너무도 무섭고 섬뜩한 광마불의 기세에 기병들은 더 이상 그 어떤 행동도 감행할 수가 없었다.

"이… 이 자식들아! 왜 멀뚱하게 가만히 있는 거냐? 어서 덤벼! 인해 전술로 계속 밀어붙이다 보면 영감은 지치게 되어 있단 말이다. 어서 계속 밀어붙여! 밀어붙이라구!!"

비무기는 더 이상 덤벼들지 못하고 망설이고 있는 기병들을 향해 악다구니를 쳤다.

물론 비무기의 말대로 쪽수로 계속 밀어붙이다 보면 언젠가는 광마불의 체력이 떨어질 것이다. 그렇게 되면 기회가 생기겠지만 안타깝게도 목숨은 누구에게나 하나뿐이다. 괜히 무모하게 앞에 나섰다가 하나뿐인 소중한 목숨을 잃고 싶진 않았다.

여지껏 수많은 전투를 거치면서 죽음 따윈 단 한 번도 머리 속에 떠올리지 않았던 용맹한 기병들이었으나, 자신의 동지들이 도저히 상대조차 되지 못한 채 너무도 참혹한 몰골로 죽어가는 모습을 직접 목도하니 도무지 광마불을 상대할 엄두가 생기질 않았다.

"이런 바보 같은 놈들, 두려움에 벌벌 떨다니……. 전장에서 상대에게 겁을 먹으면 어떻게 이기겠다는 거야?"

비무기는 못마땅한 표정으로 인상을 긁더니만 벼락같이 고개를 돌렸다.

"아무래도 형님과 아우님이 나서줘야겠습니다."

"……?"

마인귀와 갈포악은 기가 막히다는 표정을 지었다.

"뭐……? 우리더러 광마불과 싸우라고?"

"예, 형님. 기병들이 너무 겁을 먹은 나머지 조금만 밀어붙이면 승기를 점할 수가 있는데도 도무지 공격할 생각을 안 합니다. 이럴 땐 병사들의 사기를 올려줄 만한 인물이 필요합니다."

"그러니까… 병사들의 기를 살려주기 위해 우리더러 광마불에게 맞아 죽으라는 얘기냐?"

"형님과 아우님이 동시에 합공을 펼친다면 설령 깨지더라도 능히 오십 합은 겨룰 수 있을 겁니다."

"미친놈. 저 늙은이는 소림 역사상 최고의 무골이자 천하제일인이다. 아무리 합공이라지만 우리가 무슨 재주로 오십 합을 버틴단 말이냐?"

"그럼 삼십 합만이라도 버텨보십쇼. 그러면 병사들의 기세는 올라갈 겁니다."

"어림없어. 이십 합도 안 돼, 우리 실력으로는……."

"그럼 십 합만이라도……."

비무기가 광마불에게 덤비라고 자꾸 재촉을 하자 마인귀는 심사가 비틀렸다.

"둘째야, 한 가지 묻자."

"뭔데요?"

"네가 진짜 우리랑 함께 죽기로 약속한 결의형제냐?"

"형님도 참! 하늘이 알고 땅도 아는 일을 새삼스럽게……."

"이 염병할 놈아, 그걸 아는 놈이 어떻게 우리더러 나가서 광마불에게 뒤지란 말을 할 수가 있냐? 그러고도 네가 형제야?"

"그… 그건……."

비무기는 흠칫 했다. 말도 막혔다. 뭐라고 말을 하고 싶었지만 쉽게 떠오르지가 않았다.

"정말 내가 사람을 잘못 봤수다. 아무리 의리가 없어도 그렇지 그동안 생사고락을 함께한 큰형님과 나더러 나가 죽으라니? 흥! 일 없수다. 누구 좋으라고 죽을 걸 뻔히 알면서 왜 그런 짓을 해야 한단 말요?"

갈포악까지 합세하며 콧방귀를 꼈다.

비무기는 침통한 표정을 지었다. 눈가에 눈물까지 글썽였다. 뭔가 상당히 억울한 모양이다.

"아우가 뭐… 뭔가 오… 오해를 하는 모양인데……."

"오해? 무슨 얼어죽을 오해?"

"지난날 중사에서 약속한 것처럼 아우와 형님이 먼저 나가서 싸우면 그 다음엔 내가 나설 생각이다. 형제가 죽었는데 내가 살아서 뭣하겠느냐? 만약 두 사람이 광마불과 싸우다 죽으면 나도 죽어. 진짜라구."

비무기는 눈물까지 흘리며 비장한 표정을 지었다. 그러나 갈포악의 반응은 생각보다 냉담했다.

"호오~ 그래서? 그럼 당신이 먼저 나가서 싸워보쇼. 만약 당신이 용감하게 싸우다가 죽는 걸 보면 그 다음엔 우리가 나설 테니까."

어느새 호칭까지 변해 버렸다. 이제 더 이상 비무기를 형제로 인정하지 않겠다는 의미였다.

"이… 이봐, 아… 아우님. 난… 무공이 약하잖아……. 버티지 못하고 그냥 한 방에 꼬꾸라지면… 병사들의 사기에 별로 도움이 안 돼……. 그래서 지금은 나서고 싶어도… 나설 수가… 없는 거라구."

비무기는 더듬거리며 열심히 자신을 변명했지만 안타깝게도 그 둘은 더 이상 그의 얘기에 관심조차 없다는 듯 시선을 다른 곳으로 돌리고 있었다.

전혀 가치도 없는 변명을 듣고 싶지 않았던 이유도 있었지만, 바로 이 순간 모두가 두려워하고 있는 광마불을 향해 나서고 있는 인물이 있었기 때문이다.

또각… 또각…….

"……."

광마불의 여의묵봉은 이미 멈추어 있었다.

자신을 향해 다가오는 푸른 불길을 본 것이다.

거대한 장군검을 비껴들고 천천히 푸른 청마를 움직이는 사내.

선봉대장 구타이!

무공 수준으로만 서열을 매긴다면 금마국에서 다섯 손가락 안에 든다는 젊은 무장.

광마불의 엄청난 신위를 보았음에도 불구하고 그의 모습은 주눅 들지 않고 여전히 당당했다.

"영감이 광마불인가, 중원제일인이라는……?"

"예전에는 그런 줄 알고 있었는데 지금은 어떤 젊은 놈이 자기가 최고라고 하더라. 그래서 그 칭호는 그놈한테 양보했다."

광마불은 사내의 시선을 받으며 무덤덤히 대꾸했다.

"과연… 대단했다. 누구도 간섭하지 않는 상태에서 한번 겨뤄보고 싶을 정도로……."

후우웅!

마상에 앉아 있는 그의 전신에 붉은 안개가 스물스물 피어오른다. 공력을 모으고 있다는 것을 느낄 수 있었다.

"용기가 가상한 젊은 친구로군."

광마불은 비록 적이지만 일 대 일의 진검 승부를 걸어온 구타이가 사내답다고 생각했다.

"물론이지. 영감이 강한 상대이긴 하지만 난 결코 패한다는 생각을 하지 않으니까."

"생각대로 세상이 돌아가면 재미가 없는 법이라네, 젊은 친구."

"두고 보면 알게 되겠지."

구타이의 입가에 싸늘한 냉소가 스치기 시작하더니 곧 얼굴 가득 채워졌다.

"타앗!"

구타이의 짧은 외마디 외침과 함께 푸른 청마가 앞으로 질주하기 시작했다.

콰두두두!

구타이와 청마는 일체의 몸이 되며 광마불의 옆을 폭풍처럼 스친다.

번쩍!

스치는 폭풍 속에서 한줄기 섬광이 번뜩였다.

섬광은 무서운 기세로 광마불의 얼굴을 짓쳐 들었다.

주저없이 광마불의 우수가 앞으로 출수되었다.

파팡!

빛살처럼 날아드는 검광을 장력으로 자난하는 광마불.

그러나 구타이는 그 정도의 방어쯤은 예상했다는 듯 재차 공세를 펼쳤다.

말과 일체가 된 상태로 광마불의 주위를 돌며 때론 벼락처럼, 때론 태풍처럼 공세를 펼치는 구타이.

광마불은 지금까지 살아오면서 이렇게 완벽한 기마술을 펼치는 무사를 경험해 본 적이 없었다.

그렇기에 무공만으로는 광마불에게 대적할 수 없는 구타이였지만, 신기에 가까운 기마술이 있기에 그는 무림 최고 고수인 그를 상대로 전혀 물러섬없이 싸울 수 있었던 것이다.

파광! 쾅!

경력과 경력이 부딪치며 빛살들이 퍼져 나갔다.

모든 병사들은 싸움을 중지하고 변방 최고의 기마술을 지닌 무장과 중원 최고의 무인이 벌이는 공전절후한 격전을 응시했다.

팽염과 골회.

여전히 도법의 최강자를 놓고 일진일퇴의 공방을 벌이고 있는 그 둘만 제외하고는 모두의 시선이 그곳을 향해 있었다.

꽈르르릉! 쾅!

다시 한 번 경력과 경력이 부딪치는 거대한 마찰음이 터졌다. 어느 때보다도 더욱 크게 번지는 빛살들.

푸스스스……

구타이의 장군복 소매 부분이 가루가 되어 부서졌다.

반면 광마불에겐 여전히 그 어떤 변화도 생기지 않았다.

'빌어먹을! 옷자락 하나 건드리지 못하다니……'

구타이는 입술을 질끈 깨물었다.

높이와 기동력에서 우세였지만 내력의 차이가 너무도 컸다. 계속 맞부딪쳐 봐야 이로울 게 없다고 판단했다.

후욱… 후욱……

청마의 코에서는 더운 김이 쉬지 않고 품어져 나왔다. 서서히 지치고 있다는 모습이었다.

'점점 청마의 기동력이 떨어지고 있다. 승부수를 던진다면 바로 이 순간이다.'

구타이의 눈에 결연한 빛이 스쳤다.

"하앗!"

지쳐 가는 청마를 더욱 거칠게 독려하는 구타이.

청마는 주인의 생각을 알기라도 하듯 최후의 힘까지 끌어 모아 더욱 거칠고 빠르게 질주했다.

콰두두두두…….

광마불의 붉은 적미가 꿈틀거렸다.

기마의 이번 방향은 전과 달리 자신의 측면이 아닌 정면이다.

콰아아아아!

청마가 광풍과 같은 기세로 광마불을 덮친다.

츄와와왓!

광마불의 여의묵봉이 검은 빛을 뿌리며 푸른 광풍을 횡으로 갈랐다. 광풍이 반으로 쪼개지는 순간, 이미 하나의 물체가 위로 떠올라 있었다. 그리고 그 물체는 광풍을 가르느라 미처 수비의 자세로 돌아오지 못한 광마불의 신형을 내리찍었다.

번쩍! 쾅!

구타이는 말을 버리면서까지 광마불을 노렸다. 그리고 그의 정수리를 내리찍었다고 생각했다.

그런데… 그보다 광마불의 발이 먼저 그의 얼굴을 격타했다.

구타이는 광마불이 자신을 덮치는 청마 때문에 여의묵봉을 다시 출수하거나 장력을 펼칠 시간적 여유가 없을 거라고 판단했다.

물론 그의 계산대로 그럴 만한 시간은 없었다. 하지만 발이 있었다.

광마불은 여의목봉을 횡으로 가른 후 연결 동작으로 묵봉을 땅에 짚고 몸을 거꾸로 세우며 각법(脚法)을 펼친 것이다.

그것도 지난날 무대붕과의 이판사판 대결 때 시전했던 소림 최고의 각법인 대진각(大震脚)을…….

"으아아악!"

구타이는 단말마의 비명을 지르며 허공으로 떠올랐다.

쿠웅!

이어 땅바닥에 처박히는 몸.

신기에 가까운 기마술을 펼쳤던 젊은 무장 구타이는 천하제일 고수인 광마불을 두려움없이 상대했고, 결국 이렇게 최후를 맞이하고 말았다.

그의 애마인 청마와 함께…….

"크아아아악―!"

그와 동시에 또 하나의 처절한 비명 소리가 울려 퍼졌다.

바로 골회였다. 그는 팽염과의 밀고 밀리는 접전에서 결국 도법에 관한 대륙 제일이라는 하북팽가의 벽을 넘지 못한 채 쓰러지고 말았다.

"끄으윽……."

그러나 팽염도 온전치는 못했다.

땅 위를 피로 물들이고 있는 팔뚝 하나,

승리를 위해서 팽염은 왼팔 하나를 내주고 말았던 것이다.

"……!"

기병장군인 구타이와 흑도 무림의 강자인 골회까지 무너지자 금마국 기병과 병사들의 표정은 더욱 굳어지고 말았다.

'이… 이런 씨! 뭐야? 그렇지 않아도 가뜩이나 기가 꺾인 상황인데 이런 식이라면 더 이상 싸워보나마나 라는 얘기잖아?'

비무기의 얼굴은 굳어지다 못해 완전 흙 색이 되었다. 하지만 그런 와중에도 눈알은 바쁘게 돌아갔다. 어떤 상황에서도 포기하지 않고 살아남기 위해 쉴 새 없이 머리를 굴리는 것이 비무기만의 장점이었다.

"후퇴! 작전상 후퇴다! 모두 퇴각하라!"

그는 부하들을 향해 소리쳤다.

물론 가장 먼저 말을 타고 도망치기 시작한 것도 바로 그였다.

두두두두두…….

선두로 도망치는 비무기의 뒤를 이어서 금마국 군사들이 일제히 퇴각했다.

"놈들이 도주를 한다! 어서 뒤를 쫓아라!"

중원의 장수 한 명이 칼을 번쩍 쳐들며 소리를 질렀다.

"와아아아!"

병사들은 기세등등한 모습으로 그들의 뒤를 쫓으려 했다. 상대의 약세를 봤으니 이제 두려울 것이 없었다.

"잠깐―!"

그러나 좌춘성은 이내 다시 소리쳤다.

그는 본 것이다, 여의묵봉에 신형을 의지하며 힘들어하는 광마불과 그를 부축하고 있는 무천표의 모습을…….

쾌두두두…….

비무기는 열심히 달리고 또 달렸다.

'으으…….'

아무것도 생각할 겨를이 없다. 그리고 뒤를 돌아볼 마음의 여유도 없다. 그의 머리 속엔 지금 오로지 빨리 본영으로 돌아가야만 살 수 있다는 본능뿐이었다.

사람이 급하고 위기에 처하면 평소에 없던 능력이 발휘된다고 한다.

뒤따라 퇴각하는 수많은 기병들보다도 무려 백 장 앞이나 앞서 달리고 있는 비무기. 하지만 평소 그의 기마술은 한심할 정도였다.

혹시 말이 미쳐 날뛰거나 빠르게 달리다가 낙마할 수도 있다는 두려움 때문인지 아무리 좋은 말을 갖다줘도 전혀 속도를 내질 못했다.

그랬던 비무기가 이 순간만큼은 기마술의 대가인 구타이 못지않은 모습으로 질풍처럼 내달리고 있었던 것이다.

삶에 대해 누구보다도 강한 그의 집착력을 다시 한 번 느낄 수 있는 모습이었다.

"쿨럭… 쿨럭……."

광마불은 식은땀을 흘리며 고통스런 기침을 토했다.

무천표가 여의묵봉에 몸을 의지하고 있는 광마불을 부축했다.

"형님, 왜 그러십니까? 많이 편찮아 보이는데……. 설마 내상이라도 입으신 겁니까?"

"썩을… 늙으면 죽어야 한다더니만, 확실히 나이를 속일 수는 없나 보구나. 쿨럭쿨럭… 이깟 싸움에 일신의 모든 진기가 다 쇠진되다니……."

광마불은 연신 기침을 하면서도 쓸쓸한 표정을 잊지 않았다.

아직도 그는 천하제일인으로서 추호도 손색이 없는 초절정의 무공을 갖고 있었다. 경이롭고도 가공할 무공에 모두의 입이 다물어지지 못할 정도였다.

그러나 안타깝게도 광마불의 생각은 그렇질 못했다.

지난 오십여 년 전, 소림칠십이절예를 대성하고 한창 강호에서 미친 짓을 하고 돌아다닐 때에 비하면 모든 면이 떨어진다는 걸 부인할 수가 없었다.

반응도, 급변하는 상황에 따라서 취해야 할 무공의 선별력 등 실전 감각이 많이 떨어졌다. 특히 내력은 전성기 때에 비해 현저히 차이가 났다.

"어르신, 아무래도 좀 쉬셔야겠습니다."

좌춘성은 아쉬운 표정을 지었다. 지원군들 중 하북팽가의 제자들 역시 팽염의 부상으로 전투력을 제대로 발휘할 수 없는 형편이었다.

이런 상황에 광마불이 동참하지 않는 한 적도들을 추격한다는 건 오히려 불구덩이에 뛰어드는 것처럼 위험한 일이 되기 때문이다.

좌춘성으로서는 너무도 아쉬운 순간이었다.

*   *   *

금마국 산서 전선 군영.

등에 깃발이 꽂혀 있는 전령이 말과 함께 급하게 달려왔다.

전령은 군영에 늘어서기가 무섭게 도로곤의 군막으로 뛰어들었다.

"무엇이? 구타이가 당했단 말이냐?"

도로곤은 경악하듯 자리에서 벌떡 일어났다.

"크흑. 그렇습니다, 대장군."

도로곤의 앞에 부복하고 있는 전령은 고개조차 들지 못한 모습으로 눈물을 떨구었다.

"구타이는 본 국의 다섯 손가락 안에 드는 무적의 전사이자 신출귀몰한 기마술까지 갖추고 있는 장수이다. 그런 그를 도대체 어떤 놈이……?"

"광마불이라고… 오십 년 전 무림 최고의 고수였다는 늙은이였습니다."

"광마불?"

도로곤의 눈이 크게 확대되었다.

그 이름은 머나먼 북해가 삶의 터전이었던 도로곤의 귀에도 익숙한 이름이었다.

누구나 첫손으로 꼽는 천하제일인 광마불.

제아무리 훈련이 잘 된 수백, 수천의 병력으로도 그의 털끝 하나 건드릴 수 없을 거라는 소문은 북해까지 전해져 있었다.

"그자가… 아직도 안 죽고 살아 있었단 말이냐?"

"예. 여전히 너무도 정정한 모습으로 우리의 기병들을 무참히 도륙했습니다. 정말이지 인간의 무공이 아니었습니다."

"그렇다면 나머지 병력들은 어찌 되었느냐?"

"죄송합니다. 소신은 거기까지만 보고 달려왔습니다. 하나 적은 하늘을 찌를 듯한 기세인 데 반해 전의를 상실한 우리 병사들의 모습을 미루어보면… 아마도 모두 당했을 거라고……."

두두두…….

그 순간, 밖으로부터 말발굽 소리와 함께 병사들이 귀환하는 소리가 들려왔다.

"아니, 이게 무슨 소린가?"

도로곤이 눈을 휘둥그렇게 뜨며 의아한 표정을 지을 때, 군막의 천을 걷어내며 비무기가 등장했다.

"형님……."

"……?"

도로곤은 황당한 표정으로 비무기를 응시했다. 그러나 그의 눈은 시간이 흐르면서 분노로 가득 찼다.

"형님… 죄송합니다. 성을 빼앗기 일보 직전까지 갔는데 갑자기 놈들의 지원대가 도착하는 바람에……."

"그 정도는 처음부터 계산하고 출격했을 텐데?"

노려보는 시선은 싸늘했고 음성 또한 차갑게 식어 있었다.

그 시선과 음성에 비무기는 움찔했다.

"무, 물론 그렇기는 합니다만… 그 지원군들이 워낙… 엄청난 바람에……."

"구타이는 어디에 있느냐?"

"기… 기병장군은……."

"네놈과 함께 출격한 구타이는 어디에 있냔 말이다."

"아… 안타깝게도 죽었……."

"에잇! 한심한 놈!"

짜악!

도로곤이 쥐고 있던 채찍이 허공을 갈랐다.

"꺼억……!"

비무기는 얼굴을 감싸며 고통스런 신음을 토했다. 감싸진 그의 손가락 사이로 붉은 선혈이 떨어졌다.

"함께 간 장수는 용감하게 싸우다가 전사를 했는데 비겁하게 네놈은 도망을 쳐? 그러고도 네놈이 이 도로곤의 매제란 말이냐?"

쫘악! 쫘악!

"으악! 으와악……."

도로곤은 흥분하며 연신 채찍을 휘둘렀다. 비무기는 처절한 비명을 질렀다.

창!

이번엔 검을 뽑아 들었다. 그리고 비무기를 노려본다.

"혀… 형님……?"

"네놈은 폐하와 나의 명예를 더럽혔다. 이 검으로 목숨을 끊도록 하라."

'뭐… 나더러 자결하라구?'

어찌나 경악을 했는지 비무기의 입이 쩍 벌어졌다. 이젠 얼굴에서 흐르는 피를 훔칠 생각조차 할 수가 없었다.

'이런 씨! 세상에 무슨 이런 자식이 다 있지? 기껏 다 죽을 뻔한 부하들을 데리고 무사히 돌아왔건만… 그런 나더러 자결을 하라니?

오히려 비무기는 억울했다.

더 이상의 희생없이 퇴각해서 돌아왔다는 것은 그가 갖고 있는 사고방식대로라면 칭찬받아 마땅한 일이었다. 그럼에도 불구하고 도로곤은 자신에게 자결하라고 한다.

다른 사람도 아닌 처남이, 비록 손위라고 하지만 자신보다 한참이나 어린 처남이 채찍질에 이놈 저놈 욕까지 하면서…….

성격대로라면 그냥 들이박고 싶었지만 그렇게 하기엔 일단 자신의 능력이 부족했고, 무엇보다도 중요한 것은 어떡하든 이 상황을 슬기롭게 극복해야만 살아날 수 있다는 절박함이 먼저 뇌리에 틀어 앉았다.

"뭐 하느냐? 어서!"

"크흑! 형님, 그건 오해입니다. 저는 죽는 게 두려워서 퇴각한 것이 아닙니다."

비무기는 무릎을 꿇으며 너무도 억울한 표정으로 오열하기 시작했다.

"이런 비겁한 놈! 이젠 구차하게 변명까지 늘어놓을 참이냐?"

"크흑! 변명이 아닙니다. 소제는 폐하를 위해 충성을 맹세한 이후 생명엔 단 한 톨의 미련조차 없었습니다."

"하면? 그런 놈이 어째서 비겁하게 싸우지 않고 도망을 쳤단 말이냐?"

"형님, 이미 병사들은 전의를 상실한 반면 적도들의 사기는 하늘 끝까지 치솟아 있는 상태에서 계속 싸운다는 건 결국 의미없는 죽음밖에 안 되기 때문입니다. 삼십육계(三十六計)에도 나와 있듯이 주위상(走爲 上)이란 아무나 할 수 있는 게 아닙니다."

"이놈아! 도망치는 게 아무나 할 수 없는 게 아니라니? 말 같지 않은 소리 집어치우고 어서 자결하지 못하겠느냐?"

"형님! 용기없는 자가 도망가는 것이 아니라 용기있는 자만이 도망 가는 법입니다. 영웅으로 알려진 지난날의 위인들을 보면 누구나 한 번씩 패배의 쓴맛을 보았습니다. 조조도 그랬고 유비도 그랬습니다. 그들에겐 승리만큼 패배도 많았습니다. 한 번 패배를 했다고 좌절한 나머지 자결을 했다면 훗날 그들이 어찌 제국을 세울 수가 있었겠습니까?"

"……!"

"그들은 일단 도망간 후에 전력을 가다듬고는 기습적으로 다시 쳐들어갔습니다. 기고만장한 적을 처절히 굴복시켜 버렸던 겁니다. 중요한 것은 한 번의 패배가 아니라 최후의 승리인 것입니다, 형님!"

비무기의 표정은 너무도 진지했고 비장했다. 그리고 충분히 일리도 있었다.

"……."

자결을 강요하며 검까지 들이밀었던 도로곤의 얼굴이 심각해졌다. 그리고 그는 고개를 끄덕거렸다.

"음… 그렇겠지. 최후에 웃는 자가 진정한 승리자일 테니까."

도로곤은 검을 다시 꽂고 검을 내민 그 공간에 손을 내밀었다.

"일어나라. 내가 잠시 자네의 충심을 못 알아보았구나."

"형… 형님."

콱!

비무기는 뜨거운 눈물을 흘리며 도로곤이 내미는 손을 잡았다.

무공은 비록 보잘것없었지만 그동안 주워들은 풍월과 언변으로서 그는 지옥문 앞에서 다시 돌아올 수 있었다.

곰도 구르는 재주가 있듯 아무리 무능한 인간일지라도 한 가지 재주쯤은 갖고 있고, 비무기는 그 재주 덕분에 계속 굳건히 목숨을 보존하게 되었다.

그리고…….

산서 전선의 전투는 이렇게 일 막을 내렸다.

제53장

위기(危機)

위기 (危機)

—퇴각! 지금 즉시 모두 퇴각하라!

어두운 밤.

달도 별도 없는 칠흑 같은 밤이다.

피이이잇! 피이잇…….

암천(暗天) 위로 불화살이 치솟는다.

한 대, 두 대, 세 대.

어둠 속에서 순식간에 불빛들이 살아 오른다.

둥… 둥… 둥…….

"와아아아아."

이어 터지는 전고(戰鼓)와 함성 소리.

"기… 기습이다! 드디어 적도들이 침략을 개시했다…….
궁수대는 화살을 쏴라… 쏘아라!"

숲 속에서 화살이 비 오듯이 날아들었다.

그러나 방패를 든 병사들은 날아드는 화살을 막으며 개미
떼처럼 숲을 향해 몰려들었다.

어둠에 잠겼던 숲은 갑자기 아수라장으로 변했다.

병장기 부딪치는 소리와 함께 처절한 단말마의 비명이 울려 퍼지기 시작했다.

"으아악!"

차차차창! 채챙!

"크아아악……!"

"총사님, 북궁 총사님!"

전령 한 명이 급히 광한의 막사 안으로 뛰어들었다. 광한은 침상에서 몸을 벌떡 일으켰다.

"무슨 일이냐? 그리고 이게 웬 함성 소리냐?"

"적도들이 침공을 개시했습니다. 예상 진입로에 매복한 우리 궁병들이 적도들에게 무참히 당하고 있습니다."

"뭣이라?"

광한의 눈은 찢어질 듯 크게 확대가 되었다.

"침략하는 적도들을 급습하기 위해 매복해 둔 우리의 궁병들이 오히려 적도들에게 기습을 받다니… 대체 그게 무슨 소리냐?"

"그… 그건 저도 잘 모르겠습니다만… 아무튼 적도들의 기습에 속수무책으로 당하고 있었습니다."

"어찌 그런 일이   ."

상대가 자신들의 매복 위치를 사전에 정확히 알고 기습을 했다니, 광한은 도저히 납득할 수가 없었다. 아무리 사공중필의 지략이 뛰어나다 해도 그와 같은 일은 있을 수 없는 일이었다.

'결국… 이것은 내부에 누군가가 적도들과 내통하고 있다는 얘기가 아닌가?

내부에 세작이 있다면, 적도들의 침략에 대비한 그의 안배가 모두 무용지물이 되고 만다. 광한의 안색은 창백하게 변했다.

그러나 내부의 세간이 누군지 색출하기엔 너무도 상황이 급박했다.

"본 군은 즉시 출병하라! 기마대는 무얼 하느냐? 각 부장들은 들어라! 즉시 나가 적병을 맞아라!"

광한은 막사 밖으로 급히 뛰어나오며 크게 소리쳤다.

그의 다급한 외침과 함께 영채에 있는 모든 병력들이 급히 뛰쳐나오며 전투 태세를 갖추기 시작했다.

서문탁 대장군의 긴장된 표정으로 다가왔다.

"북궁 총사, 무슨 일인가?"

"매복군이 기습을 당했다고 합니다!"

"뭐라?"

서문탁의 얼굴은 일순간에 딱딱하게 굳어졌다. 그때 또 한 명의 전령이 급히 달려왔다.

"총사님, 개천 변에 진을 치고 있던 일군이 전멸 상태에 이르렀다고 합니다."

"뭣이? 매복군에 이어 일진까지?"

"예, 총사님. 불의의 기습인지라 미처 대적할 사이도 없이 모두 죽어가고 있사옵니다. 뿐만 아니라 마홍 장군까지 전사를……."

"이… 이럴 수가?! 대체 어떻게 이런 일이……?"

서문탁은 다리에 힘이 풀렸다.

예정대로라면 그들은 매복군의 화살 세례에 전열이 흩어지고 그곳을 힘겹게 벗어나는 순간, 연이어 일진의 공격을 받게 되었어야 한다.

그런데 오히려 아군이 적도들에게 당하고 있다니…….

"세작의 짓입니다. 내부에 세작이 있었습니다."

"누… 누군가, 그 배반자가……?"

"조사하면 찾아낼 수야 있겠지만 지금은 그럴 여유가 없습니다."

광한의 얘기처럼 이들에겐 그럴 만한 시간이 없었다.

둥… 둥… 둥…….

적의 전고 소리는 더욱 높아갔고, 몰려드는 함성은 그들이 매우 근접한 곳까지 다가왔음을 충분히 느끼게 해주었다.

콰두두두두…….

서서히 어둠이 걷히고 순간,

짙은 안개 사이로 금마국의 기병들이 개미 떼처럼 몰려오는 모습이 시야에 들어오기 시작했다.

"대장군, 놈들이 벌써 옵니다."

"빌어먹을! 궁병들은 화살 쏠 준비를 하라."

서문탁은 병사들을 향해 다급히 소리를 질렀다.

일제히 활대에서 화살을 잡아당기는 병사들. 그 팽팽한 줄처럼 모두의 얼굴에 굳은 긴장이 감돌았다.

와아아아아!

금마국의 기마대가 함성을 토하며 맹렬히 돌진했다.

"쏴라! 쏴!"

광한의 친구이자 지난날 좌춘성과 함께 퇴각하는 타미루 일당을 기습하는 데 공헌을 했던 철우 부장은 미친 듯이 돌아다니며 궁병들을 독려했다.

피이이익! 쉬쉬쉭!

화살들이 움터오는 아침 여명 아래로 가득 비처럼 뿌려지기 시작했다.

금마국의 기마대가 잠시 주춤거렸다. 그러나 대부분의 기마병들은 방패로 막고, 창날로 헤치며 화살비 속을 뚫고 전진해 나갔다.

쐐애액!

"크아악!"

파파파팍!

"우와악!"

길목을 막으며 화살을 날리던 궁병들이 맹렬히 달려드는 금마국 기마병들의 창날 아래 피화살을 뿌리며 죽어갔다.

'죽일 놈들.'

남궁일도의 눈이 폭발할 것 같은 분노로 이글거렸다.

"타아앗!"

그는 기합을 지르며 지면을 박차고 기마대를 향해 달려들었다.

'모조리 죽여 버리겠다!'

번쩍!

그의 애검이 허공을 갈랐다.

"으아악!"

이히힝! 꽈당탕탕⋯⋯.

한 번의 초식에 인마 둘을 동시에 베어버린 남궁일도.

그것이 시작이었다.

그의 검이 춤을 출 때마다 정확히 두 기의 인마가 쓰러져 나갔다. 과연 무림 명가의 가주이자 대륙의 절정고수다운 솜씨였다.

하마터면 속절없이 무너질 뻔했던 초반의 기세가 다시 살아 오르며 죄수들로 구성된 기병대가 출격하였다.

카카칵!

차차창!

창졸간에 중원군의 기지는 기병들간의 일대 격전장으로 변하기 시작했다.

중원군은 지난 전투에서 죽거나 부상당한 인마를 제외해도 아직 삼천여 기의 기마가 굳건했다. 더욱이 죄수 기병대는 금마국이 자랑하는 기마대를 이미 한차례 깨부순 전력도 있다.

맞대결을 피할 이유가 전혀 없었다.

쾌두두두!

일견하기에도 엄청난 거구의 장수가 남궁일도를 향해 무서운 속도로 달려들었다.

호리신타 전위장군.

지난날 하남 전선 최초의 전투에서 부하들을 대동하고 기습 공격을 했다가 부하들이 화살과 돌 아래에 깔려 죽는 모습에 피눈물을 뿌렸던 바로 그 인물.

"하앗!"

그는 우렁찬 기합성과 함께 거대한 언월도를 휘둘렀다.

언월도!

지난날 관운장이 사용했던 긴 창대 끝에 도가 달린 바로 그 병기였다.

채앵!

날아드는 언월도를 검으로 막아내는 남궁일도. 그러나 검을 쥔 손을 통해 전해지는 상대의 기운에 당혹해했다.

상대의 내력이 너무도 엄청났기 때문이다.

두두두…….

게다가 현란한 기마술로 자신의 주위를 돌며 예측할 수 없는 위치에서 언월도를 찔러왔다.

"흡!"

헛바람을 삼키며 연속적으로 짓쑤시고 들어오는 공세를 급히 막아냈다고 생각되는 그 순간,

쉬익!

남궁일도는 벼락처럼 자신의 머리 위로 떨어지는 언월도에 대한 대비는 미처 하질 못했다.

팟!

가까스로 피하긴 했으나 그는 한쪽 뺨이 날카롭게 베어지는 것을 느꼈다. 워낙 강맹한 내력을 지닌 호리신타였던 탓에 언월도에 스치기만 해도 그 도기에 옷이 찢어지고 살갗이 베어졌다.

저돌적인 호리신타의 공격, 그리고 남궁일도의 얼굴이 도기에 의해 베이면서 잠시 허점이 생겼다.

쐐애액!

언월도가 그 틈을 놓치지 않고 맹렬한 기세로 쑤시고 들었다.

콰악!

호리신타가 달리는 마상에서 짓쑤셔 온 일격.

그 회심의 일격은 남궁일도의 몸통에 틀어박혔다. 아니, 틀어박힌 것처럼 보였다.

"……!"

호리신타의 표정이 딱딱하게 굳었다. 몸통에 틀어박힌 줄 알았던 언월도가 남궁일도의 겨드랑이 사이에 박혀 있었던 것이다.

게다가 남궁일도의 손에 언월도의 창대가 잡혀 있다. 호리신타의 강맹한 공격을 맨손으로 잡아낸 것이다.

"후훗! 애석하게 됐네."

남궁일도는 싸늘한 미소를 흘리며 검을 쳐들었다. 상대의 언월도는 전혀 어떻게 해볼 수 없을 정도로 남궁일도에게 제압당한 상태였다.

누가 봐도 완벽한 남궁일도의 승리였다. 이것이 일반 전투였다면.

"핫……?"

검이 호리신타를 향해 빛을 뿌리려는 순간, 남궁일도는 자신의 몸이 휘청거리는 것을 느꼈다.

히히힝!

호리신타의 애마가 앞다리를 번쩍 들며 요동을 쳤던 것이다.

"어억!"

남궁일도의 몸이 크게 기우뚱거렸다. 그 순간 그의 옆구리에 끼어져 있던 언월도가 자연스럽게 제압에서 벗어났다.

그와 동시에,

번쩍—!

떠오르는 농녘의 태양 빛을 받으며 호리신타의 언월도가 엄청난 섬광을 뿌리며 수직으로 공간을 갈랐다.

"꺼억!"

남궁일도의 두 눈이 무섭게 부릅떠졌다.

그의 이마와 미간 사이에서 천천히 피가 번지기 시작하는 것 같더니 이내 엄청난 피분수를 토하며 그의 몸이 반으로 갈라지고 말았다.

쿵……!

남궁일도.

무림 사대세가의 하나인 남궁세가의 가주는 이렇게 쓰러졌다.

결혼 십오 년 만에 봤다는 이제 불과 다섯 살인 어린 딸의 재롱이 보고 싶어서라도 빨리 적도들을 모두 괴멸하고 딸에게로 가고 싶어했던 그는 차가운 대지 위에서 처참한 모습으로 삶을 마감하고 말았다.

"남궁가주……."

기병대를 직접 진두 지휘하며 상대 기마대와 혈전을 벌이던 광한의 동공에 남궁일도의 참혹한 시신이 꽂혔다.

아무리 냉정한 광한일지라도 이 순간만큼은 분노가 머리끝까지 치솟고 피가 역류했다.

콰두두두!

"내가 상대해 주겠다."

광한은 피가 배이도록 입술을 짓씹으며 달리기 시작했다.

"호오! 고맙게도 알아서 나타나 주는군. 그렇지 않아도 지난번 네놈에게 당했던 앙갚음을 하고 싶었는데……."

호리신타는 오히려 고맙다는 표정을 지으며 맞부딪쳐 갔다.

쩡! 콰직!

먼저 공세를 취한 것은 호리신타였다. 언월도가 짓쳐 들자 광한은 검으로 그의 공세를 막으며 빠르고 날카로운 몸놀림으로 그의 측면으로 돌았다.

기마 대 기마.

좀 전과는 다른 양상의 싸움이다. 남궁일도는 두 발을 땅에 딛고 호리신타를 상대했지만 광한은 그와 같은 기마로써 싸우고 있었다.

번쩍!

두 사람이 마상에서 펼치는 신기(神技)가 막 떠오르는 일출을 받으며 세상에 빛을 뿌리기 시작했다.

까까까깡!

도와 검이 부딪치며 격한 마찰음이 연속적으로 터져 나갔다.

광한의 검이 푸른빛을 뿌리면서 놀라운 속도로 회전했다.

츄팟!

옆을 스치는 위맹한 검기에 호리신타의 신형이 크게 움찔거렸다.

"하앗!"

광한은 우렁찬 기합을 토하며 검강을 폭사했다. 호리신타는 흐트러진 중심을 바로 잡으며 급히 언월도로 검강을 막았다.

쩡……

그러나 놀랍게도 그의 언월도가 부서져 나갔다.

'헉! 아니… 이럴 수가… 어떻게……!'

호리신타의 눈은 불신으로 가득 찼다. 지금까지 수많은 전투를 해봤지만 이와 같이 엄청난 내력은 처음 겪는 경험이었기 때문이다.

원래대로라면 광한의 공력은 남궁일도나 팽염과 비슷한 수준이었다. 하나 그는 무대붕을 통해 만년지극혈보와 공청석유라는 천하의 영물(靈物)을 복용했던 적이 있다.

그로 인해 그의 공력이 급상승한 것을 안타깝게도 호리신타는 알 수 없었던 것이다.

카카칵!

섬뜩한 파육음(破肉音)이 터졌다.

"으아아아아악!"

그와 동시에 처절한 단말의 비명이 하늘 가득 울려 퍼졌다.

털썩!

마상에서 맥없이 떨어지며 땅바닥에 처박히는 호리신타의 육신.

광한에게 복수하고 싶었던 그는 자신의 욕망을 끝내 이루질 못한 채 먼저 떠난 부하들의 곁으로 가고 말았다.

와아아아아!

남궁일도의 죽음으로 잠시 꺾였던 중원군의 기가 다시 살아났다.

두두두두……

죄수들로 구성된 기병들이 금마국의 기마들을 향해 창을 치켜들고 달려들었다. 동시에 각 파에서 착출된 무림인들도 합세하여 적들과 백병전을 펼쳐 나갔다.

"이놈들! 가주님의 복수는 우리가 하겠다."

특히 남궁세가의 무사들은 이제 생사를 초월한 듯 두려움없이 기마대 속으로 돌진했다.

콰직!

피가 튀기고 순식간에 수많은 기마대가 쓰러졌다. 하지만 그에 못지 않게 무림인들의 피해도 속출했다.

푹! 파파팍!

"으악!"

"크아악!"

기마와 무림인들이 서로 뒤엉키는 형태로 대지 위에 피를 뿌리며 쓰러졌다.

맨땅 위에서 두 발을 딛고 싸우는 것이라면 기마대는 결코 무림인들을 당해낼 수가 없다. 하지만 그들은 너무도 잘 훈련된 말과 함께, 인마일체의 경지를 이뤄낸 기마대다.

수많은 전투에서 연전연승을 거두었던 그 무적의 기마대.

인마 하나와 두 명의 무림인이 목숨을 바꾸는 형태로 격전은 계속되었다. 소림의 승려들도 마찬가지였다.

"사람이 곤란하다면 차라리 말을 노려라!"

계율원장이자 소림의 젊은 지도자인 석풍 대사의 커다란 목소리가 사방을 울렸다.

그 한마디에 소림을 비롯한 무림인들의 움직임이 민첩해졌다.

비록 지난 전투에서 미륵색귀 변광팔의 마현검과 흑막 살수들의 연합 공세에 예상 밖의 많은 희생을 치르긴 했지만, 일반 병사들보단 몇 수위의 역량을 갖고 있는 무림의 정예들이다.

콰직! 콰직!

이이이힝… 꽈당탕탕…….

그들이 휘두르는 칼과 검에 의해 놀랍도록 잘 훈련된 금마국 기마들이 무너졌다.

전세는 여전히 팽팽했지만 시간이 흐름에 따라 점차 중원군이 우위를 점하기 시작했다.

그때였다.

"전군 산개!"

전투로 평생을 살아온 육십대의 늙은 노장군이 금마국 병사들을 향해 고함을 쳤다.

위지당철 후장군.

지난번 전투에서 끝까지 싸우다 죽기를 원했던 타미루를 설득하여 퇴각을 하도록 만든 바로 그 늙은 장수였다.

그의 우레와 같은 외침이 터지는 것과 동시에 난전을 펼치던 기마대가 갑자기 양 옆으로 비켜나더니 중앙에 오륙 장의 공간의 넓은 진입로를 만들었다.

"헉!"

광한을 비롯한 중원 병사들의 눈이 크게 확대되었다.

양 옆으로 갈라선 기마병들의 뒤로 무수히 많은 적의 궁병들이 활시위를 겨누고 있었던 것이다.

"지금이다. 쏴라!"

위지당철의 명령이 떨어졌다.

파아아!

쒜애애애애액!

활시위가 부르르 떨고 수백, 수천 개의 화살이 하늘을 메웠다.

"피해랏!"

다급한 외침과 함께 중원의 기병과 병사들은 우왕좌왕거렸다.

파파팟!

광한이 거느리고 있는 기마병들은 예기치 못한 화살 세례를 방패도 없이 창으로 막아내기에 급급했다.

그들 역시 상당한 수준의 무공의 소유자들이었다. 비 오듯 쏟아지는 화살을 어느 정도는 막을 수 있었지만 말은 그렇질 못했다.

퍼퍼퍼퍽!

이히히힝! 히힝!

화살에 격중된 말들이 고통에 몸부림치며 광란했다.

더러는 미친 듯이 날뛰고, 더러는 쓰러지면서……

말들이 그렇게 광란하자 기병들은 기껏 화살을 막아냈음에도 불구하고 바닥에 쓰러지고, 말발굽에 깔려 죽는 일이 다반사로 벌어지고 말았다.

'기마대의 뒤에 궁병대를 이진으로 붙이다니… 과연 사공중필이다……'

광한은 이와 같은 전술을 세운 사공중필의 두뇌에 전율을 느꼈다.

피피피핏!

화살은 여전히 공간을 가득 메웠고,

이히힝! 두두두두…….

화살이 꽂힌 말들은 그동안 고락을 함께하던 기병을 자신의 몸에서 떨구며 광란의 몸부림을 쳤다.

이대로 방치할 수는 없었다. 이 상태가 조금만 더 진행된다면 중원군은 더 이상 회복이 불가능할 것이다.

어떻게든 광한은 방법을 찾아야만 했다. 석풍을 향해 벼락같이 고개를 돌렸다.

"석풍 대사! 내가 앞장을 설 테니까 항천선봉술(降天旋棒術)을 사용할 수 있는 나한들을 제 뒤에 보내십시오."

말과 함께 광한은 허리춤에 부착된 검집을 왼손으로 쥐어 들었다.

콰두두두…….

그리고 적의 궁수대를 향해 맹렬히 질주하기 시작했다.

위이이잉!

바로 광마불이 바람개비처럼 여의묵봉을 강하게 회전하여 상대의 화살을 막아낸 것처럼 그도 검집을 돌리며 달려나갔던 것이다.

이어 석풍과 아직 생존해 있는 백팔 나한 중 일부 나한이 같은 방식으로 그의 뒤를 맹렬히 따르기 시작했다.

기마에 탄 광한을 필두로 소림의 나한들이 달려들자 궁수대는 당혹했다.

"헉! 쏴라."

쐐액! 피이이이잇!

다시 한 번 수백, 수천의 화살이 비산했다.

항천선봉술.

멀리 떨어진 상대의 암기나 화살의 공세에서 자신을 보호하는 소림의 봉술 중 한 가지다. 하나 석풍을 비롯한 나한들은 자신들이 익힌 항천선봉술이 이럴 때 사용되리라곤 생각지 못했다.

날아오는 서너 개의 암기나 화살이라면 모르겠지만 이렇게 비 오듯 쏟아지는 화살을 막아내며 과연 얼마나 돌진할 수 있을까?

광마불의 경우에서 보듯 못할 건 없지만 봉의 회전을 얼마만큼 강하고 빠르게 돌리느냐 하는 관건은 내력이었다.

이들에게 광마불과 같은 내력을 기대할 수는 없다.

그러나 다행히 거리가 그리 멀지 않은 만큼 짧은 순간 경공을 최대한 폭발적으로 펼치면서 돌진한다면 결코 불가능한 것은 아니라고 광한은 판단했던 것이다.

타타타탁!

더러 화살에 격중당하는 나한도 있었지만, 많은 다수가 다행히 광한의 기대대로 항천선봉술로 화살을 쳐내며 돌진해 나갔다.

그런데 정작 문제는 다른 곳에서 터졌다.

콰곽!

이히히힝!

화살이 꽂힌 상태에서도 계속 달려나가던 광한의 말에 이상이 생겼다. 눈에 화살이 꽂힌 것이다.

말은 몸부림을 치며 광란을 했다. 광한의 위기다.

"하아앗!"

그러나 광한은 우렁찬 기합성을 토하며 오히려 마상을 박차고 궁병들을 향해 날아갔다.

"……!"

궁병들은 그야말로 섬광처럼 자신을 향해 날아드는 광한의 모습에 경악했다. 그리고 좁은 공간에서라도 화살을 쏴서 그를 제압해 보려고 했다.

파츠츠츳!

"으아악!"

그러나 부질없었다.

궁병 속에 뛰어든 광한의 검은 너무도 빨랐고, 도저히 어찌해 볼 수 없을 정도로 가공했다.

게다가 뒤를 이어 궁병 속으로 뛰어든 또 한 부류의 무리가 있었다. 석풍과 소림의 나한들이었다.

퍼퍼픽!

"크악!"

슈콰콰콱!

"크아아악!"

석풍을 비롯한 나한들이 봉술을 시전할 때마다 궁병들은 추풍낙엽처럼 쓰러졌다. 이들은 어째서 소림의 봉술이 강호 최고인지를 궁병들에게 확실하게 보여주고 있었다.

"우측 기마대는 어서 궁병들을 도와라. 그리고 좌측 기마대는 전열이 흩어진 적도들을 처치해라."

광한으로 인해 예기치 못한 상황이 벌어지자 위지당철은 양 옆으로 물러서 있던 기마대에게 소리를 질렀다.

두두두두…….

또다시 말발굽 소리가 공간을 흔들었다.

그리고 이어지는 격전.

파츠츠춧!

"으아악!"

광한은 궁병들을 처리하고 격전의 중심으로 뛰어들었다.

그의 검이 춤을 출 때마다 금마국의 기마대와 병사들이 추풍낙엽처럼 쓰러져 갔다.

무인지경(無人之境).

한때 황무제일인으로 불리웠던 그의 무예가 화려하게 펼쳐지고 있었다. 기병들은 물론 토벌대까지 합세하여 그를 제압하려고 겹겹이 에워싸고 있으나 오히려 그의 화려하면서도 위맹한 검기에 밀리며 물러나고 있었다.

"으아아악!"

격전장이 한눈에 내려보이는 언덕 위.

그곳에 세 명의 인물이 우뚝 서서 한 치 앞을 내다볼 수 없는 피와 죽음의 현장을 지켜보고 있었다.

"저자가 바로 북궁월이란 말인가?"

사공중필은 넋을 잃은 듯한 표정이었다.

"그렇습니다, 군사님."

대답하는 사내.

메뚜기처럼 깡마른 체구에 매부리코가 인상적인 삼십대 후반의 사내. 그는 세작의 임무를 띠고 연경에 침투했던 바로 조참이었다.

중원군의 세작이기 이전에 금마국의 세작인 이중 세작(二重細作).

중원의 매복군과 깊숙이 숨어 있는 제일의 방어진이 허망하게 무너질 수밖에 없었던 이유는 바로 이자 때문이었다.

"정말 대단한 자로군. 뛰어난 지략에 저토록 엄청난 무공까지 동시에 보유하다니……. 우리 측 기마와 토벌군을 마치 낙엽처럼 베고 있구먼."

사공중필은 감탄을 금치 못했다.

"지금이라도 당장 달려가서 저 친구와 한번 겨뤄보고 싶은 마음이 굴뚝이오."

타미루가 아쉬운 표정으로 투덜거렸다. 자신은 전투 체질인데 사공중필의 지시로 싸우지 못하고 이렇게 구경만 하고 있다는 게 너무도 불만스러운 모양이었다.

"제독은 낙양까지 진군할 우리 병력의 최고 지휘자요. 행여 옥체에 손상이라도 생긴다면 곤란한 일이지요."

"하지만 저 녀석으로 인해 우리의 병사들이 쓰러져 나가는 걸 그냥 보고만 있으라는 말이오? 전투는 결국 기세 싸움인데 저러다가 놈들의 기세가 치솟고 우리의 기세가 완전히 꺾이면 어쩌시려는 게요? 시기를 놓치면 회복할 기회가 없는 게 백병전이란 말이오."

타미루는 갑갑한 표정으로 짜증을 부렸다.

"허허… 설마 그런 일이야 있겠습니까?"

사공중필은 의미심장한 미소를 지었다. 그리고는 조참을 향해 고개를 돌렸다.

"신호를 보내라."

"예."

짧은 대답과 함께 조참은 하늘을 향해 활을 쏘았다.

피리리리릿!

소리를 내는 향전(響箭)이었다.

향전의 묘한 소리가 미처 끊어지기도 전에 협곡 사이로 자욱한 먼지가 뭉게구름처럼 일어나기 시작했다.

쿠르르르릉……

말발굽 소리와 함께 터지는 굉렬한 음향과 대지의 진동.

그것은 기마대가 질주할 때의 것보다 더욱 흔들림이 컸다.

"……!"

순간 광한의 눈이 부릅떠졌다.

먼지를 일으키며 폭발적인 속도로 달려오고 있는 이십여 기의 마차.

그것은 다름 아닌 바로 사공중필이 만든 회심의 병기인 흑풍전차였던 것이다.

콰르르르릉…….

콰콰콱!

"으아악!"

카카카칵!

"크악!"

흑풍전차가 맹렬한 기세로 움직일 때마다 주변 삼 장 이내의 살아 있는 생물체는 모두 피를 뿌리며 죽어갔다.

달리는 마차 바퀴에서 튀어나온 나선(螺旋)의 흉기는 근접한 말과 병사의 하반신을 부쉈고, 두려움에 물러나는 인물들은 어김없이 마차 위의 무사들이 던지는 창과 암기에 관통을 당하고 말았다.

콰르르릉…….

쌍두마차에 능숙한 마부 한 명과 절정의 고수 두 명으로 구성된 흑풍전차.

몽고 북방 최고의 명마라 일컬어지는 흑오마들의 질주하는 속도가 우선 엄청났고, 말을 자유자재로 부리는 마부의 솜씨 또한 경이로웠다.

또한 각 마차마다 두 명의 무사가 우뚝 서서 창이나 암기를 날리고 있었는데, 그들은 무섭게 질주하고 방향을 급선회하는 마차에서 전혀 흔들림없이 피하는 사람들의 등이나 가슴을 정확히 관통시켰다.

"으아악!"

소림 나한도 암기에 맞고 쓰러졌다.

모두가 극강의 고수이긴 했으나 도저히 방법을 찾지 못한 채 계속 당하고 있었다.

절기인 소림의 봉술을 펼치기 위해선 어쨌든 거리를 확보해야만 하는데 그게 불가능했다.

접근하기엔 너무도 빨랐고, 발출되는 암기와 창을 도무지 예측할 수가 없었다.

나한을 이끌고 있는 석풍도 답답하긴 마찬가지였다.

좀 더 나은 공력을 보유하고 있는 석풍이었던 만큼 백보신권으로 말의 기동력을 제압하려 했으나 그 또한 여의치 못했다.

일반 말의 거의 두 배나 되는 흑오마였던 만큼 권공으로 요혈(要穴)이나 눈과 다리를 정확히 가격해야만 하는데 그러기에는 말의 속도가 너무도 빨랐다.

소림의 나한들이 일방적으로 당하는 형세였다.

카카칵!

질주하는 바퀴에서 튀어나온 나선의 흉기에 스치며 또 하나의 기마가 쓰러진다.

광한이 훈련시킨 죄인 출신의 기병이다.

계속 이어지는 전투 속에 이제 남은 기병은 눈으로 그 수를 헤아릴 정도다. 전장에서 열심히 싸운다면 자유의 몸이 될 수 있다는 희망에 기꺼이 자원을 했고, 그 어느 해보다도 추웠던 지난 겨울의 혹한 속에서도 더운 비지땀을 흘리며 기마술을 연마했었다.

자유의 몸이 될 수 있다는 그 일념 하나로……

그렇게 함께 훈련을 받았던 오천 명에 가까운 동지가 거의 대부분 죽어갔다.

지난 첫 전투에서 대승을 거두긴 했지만 삼백 명의 희생자와 오백 명의 부상자가 나왔었다. 이번 전투는 그때와 비교할 수 없을 정도로 최악이었다. 모두가 죽고 남은 생존자가 겨우 오백 명도 안 될 정도였으니……

콰악!

"으아악!"

이번엔 기병 하나가 창이 목에 관통당한 모습으로 죽어갔다.

"이… 이놈들……."

바로 곁에 있는 호랑이 가죽으로 만든 의복에 얼굴에 자상(刺傷)이 깊게 난 이십대 후반의 사내의 눈이 분노로 이글거렸다.

염라귀도(閻羅鬼刀) 군위청(君衛靑).

한때 항주에서 성문교위로 근무했던 젊은 장교, 아내가 성주의 아들에게 강제 추행을 당하고 뱃속에 있는 아기까지 낙태가 되자 성주의 아들에게 복수를 했다는 그 사내.

아내를 찾고 그녀를 지켜주기 위해서라도 자유가 필요하다는 이유로 전쟁에 참여한 그가 눈이 뒤집히는 분노를 더 이상 감당치 못하고 흑풍전차를 향해 달려들었다.

"으아아아! 이 새끼들 죽여 버릴 테다!"

콰두두두…….

미친 듯이 말과 함께 돌진하는 군위청.

"아… 안 돼!"

광한은 경악하며 벼락처럼 소리쳤으나, 이미 군위청의 몸은 시위를 떠난 화살이었다.

전차로부터 암기가 날아들었다.

카카캉!

군위청은 염라귀도를 휘두르며 퍼붓는 암기의 공세를 막아냈다.

쐐애액!

급급히 막아내는 그 사이로 섬광처럼 창이 날아온다. 그의 능력으로 그것까진 쳐낼 수가 없었다.

콱!

창은 어깻죽지에 꽂혔다.

"끄으으……."

고통스러웠다.

그러나 그 고통도 단 한 대의 전차만이라도 박살 내고 함께 죽겠다는 그의 의지를 꺾을 수는 없는 듯 그는 그 상태로 계속 돌진했고, 마부의 목을 노렸다.

그러나 마부는 그보다 먼저 마차의 방향을 옆으로 틀었다.

우두두둑!

바퀴에서 튀어나온 나선형 흉기는 팽이처럼 회전하며 말의 다리를 부러뜨렸다.

"헉!"

우당탕탕……

군위청은 미처 염라귀도를 펼쳐 보지도 못한 채 말과 함께 바닥을 굴렀다.

그리고 그 순간 그는 보았다. 폭풍처럼 질주하며 자신의 몸을 덮치는 또 하나의 전차를…….

콰르르릉…….

"으아아악!"

처절한 단말마와 함께 더운피가 사방으로 확산되었다.

맹렬히 달리는 말과 육중한 마차 바퀴에 깔리며 자유의 몸이 되어 꼭 아내를 찾아내겠다던, 그리고 아내를 영원히 지켜주겠노라던 군위청은 그렇게 삶을 마감하고 말았다.

"……"

광한의 얼굴이 차갑게 식어갔다.

그렇게 원했던 자유를 찾지 못한 채, 너무도 무참하게 쓰러진 부하의 죽음을 보자 그의 표정은 차갑다 못해 냉기가 흘렀다.

"철우……."

그는 시선조차 돌리지 않은 상태로 곁에 있는 철우를 불렀다.

"승부는 이미 기울었다. 대장군을 비롯한 남은 병사들을 이끌고 지금 즉시 퇴각해라."

문득 철우는 불안한 표정을 지었다.

"그건 자네나 대장군이 지시할 명령이 아닌가……?"

"난 이곳에서 저들을 저지하겠다."

쿵!

철우의 불안했던 느낌은 결국 적중하고 말았다.

얼음과도 같이 차가운 광한의 표정을 응시하는 순간 바로 이런 선택을 할까 봐 두려웠던 것인데……

"다… 당치않은 소리! 어떻게 자네를 두고 우리만 도망친단 말인가?"

철우는 버럭 노성을 질렀다.

"전쟁은 이제 시작에 불과할 뿐이다. 여기서 모두 죽을 수는 없다. 그러니 시키는 대로 해. 어서!"

"그러니 더욱 자네가 살아 있어야 할 게 아닌가! 차라리 내가 남을 테니 자네가 남은 병력을 이끌고 퇴각하게."

"철우! 자네의 무공으로 저들의 추격을 얼마나 지연시킬 수 있을 것 같은가?"

"하… 하지만……"

철우는 대답하지 못했다. 소림의 나한들이나 남궁세가의 무사들도 속수무책으로 당하는 실정이다. 그의 능력으론 단 일각도 버티지 못할 것이다.

광한은 처음으로 고개를 돌렸다.

"적들도 희생이 큰 만큼 추격할 여력은 없을 것이다. 남아 있는 무림인들과 함께라면 반 시진은 버틸 수 있을 것이다. 그러니 그동안 놈들의 추격권에서 벗어나야만 해."

"그… 그럼 자네는……."

"걱정 마라. 반 시진을 버틴 후엔 나도 따라서 퇴각할 테니까."

말과 함께 광한의 몸은 흑풍전차와 무림인이 벌이고 있는 격전장 속으로 달려나갔다.

"월! 반 시진이다. 그땐 무조건 퇴각하는 거다. 다음 달에 네 아이가 태어난다는 것을 잊지 마라. 절대!"

철우는 눈물을 흘리며 격전 속으로 뛰어드는 광한의 등을 향해 소리쳤다.

그리고 그는 총사인 광한을 대신하여 명령을 하달했다.

"퇴각! 지금 즉시 모두 퇴각하라!"

*   *   *

쨍그랑!

벽하는 꽃을 갈아넣다가 화병을 떨어뜨리고 말았다.

"아앗!"

뿐만 아니라 깨진 화병 조각을 줍다가 손까지 베이고 말았다.

"왜… 왜 이러지? 어째서 숨이 막힐 것처럼 가슴이 답답한 거지?"

반복되는 실수.

그리고 전신을 엄습해 오는 불안감.

"서… 설마……?"

결코 가볍게 넘길 수 없는 연이어 나타난 불길한 징조.

벽하는 자신의 손에서 피가 흐르는 사실도 잊고 극도로 당황하고 있었다.

*   *   *

두두두두.

서문탁 대장군을 비롯한 중원의 패잔병들은 모두 지치고 힘겨운 모습으로 산길을 빠져나가고 있었다.

광한의 예상대로 금마국 병사들은 추격하질 못했다.

하지만 퇴각하는 이들의 발걸음은 여전히 급했다. 언제 또 흑풍전차가 무서운 속도로 추격해 올지 모르는 일이었기 때문이다.

"크윽~"

서문탁은 너무도 참담한 심정이었다.

얼마 전까지만 해도 십만에 달하는 상대의 대군을 박살 냈다는 승리감에 도취했던 중원의 대장군이었다. 하지만 이제는 병력의 칠 할을 잃고 쓸쓸히 퇴각하는 패장의 신세로 전락했으니…….

더욱이 자신들만이라도 살리기 위해 광한과 무림인들은 그곳에 남아서 괴물과도 같은 흑풍전차를 상대로 혈전을 벌이고 있다. 그것을 생각하면 가슴이 찢어질 것 같았다.

"과연… 북궁 총사는 살아서 우리 곁에 돌아올 수 있을까……?"

서문탁은 침통한 심정으로 입술을 떼었다.

철우의 눈에는 여전히 눈물이 흐르고 있었다. 사지(死地)에 친구를 남기고 퇴각하는 그의 가슴이 오죽하겠는가?

"예, 그 친구는 반드시 살아올 겁니다. 그렇게 허망하게 죽는다면… 공주님과 아기… 그리고 저를 비롯한 많은 사람들이 자신을 용서하지 않을 거라는 걸 누구보다도 잘 알고 있을 테니까요."

그렇다.

광한은 생명보다도 더 사랑했던 벽하와 겨우 단 하룻밤만을 보냈을 뿐이다.

무공이 폐지되고 거리의 부랑아가 된 상태에서도 잊을 수 없었던 바로 그녀와 이제야 다시 결합했는데……

그리고 그녀의 뱃속에 있는 자신의 아기가 곧 태어날 상황인데, 이런 순간에 죽는다는 건 있을 수 없는 일이다.

너무 억울해서라도 죽어선 안 된다.

"……"

서문탁이라고 어찌 광한이 살아온 역경을 모르겠는가?

남아 있는 광한을 생각하니 그의 가슴은 더욱 메어졌다.

"아니? 대장군님, 누가 이쪽으로 달려오고 있습니다."

부하 한 명이 앞을 보며 소리를 질렀다.

쾌두두두두……

무서운 속도로 달려오고 있는 한 필의 기마.

그는 다름 아닌 무대붕이었다.

무대붕은 중원군 앞에 서자 다짜고짜 광한의 얼굴을 찾았다. 그가 안 보이자 그의 행방을 물었다.

"뭐? 광한, 아니, 북궁월과 무림인들만 놓고 당신들만 의리없이 퇴각하고 있다고?"

"말이 지나치다."

젊은 장수 하나가 표정을 찌푸렸다.

"닥쳐, 이 새꺄! 동료를 두고 비겁하게 내빼는 주제에 얼어죽을 뭐가 지나치다는 거야?"

"뭐… 뭐라고?"

다짜고짜 욕을 해대자 젊은 장수는 불쾌하기 이전에 어이가 없었다.

"천비야! 시간없다. 어서 가자."

무대붕은 말을 재촉했다.

"아니? 이봐! 당신 뭐 하는 거야? 그쪽으로 가면 죽어."

무대붕이 자신들이 내려온 그 길을 따라서 질주하는 모습에 젊은 장수가 놀라서 소리를 질렀다.

"참견 말고 네놈들은 계속 도망이나 가, 이 비겁한 자식들아!"

콰두두두!

뒤도 돌아보지 않고 소리를 지르는 무대붕.

그의 모습은 어느새 까마득히 사라지고 있었다.

"거 참… 정말 희한한 인간이네?"

"귀길이에 온갖 상신구로 몸을 치장한 것부터가 좀 이상스럽긴 한데… 쯧쯧……."

퇴각하는 중원군.

그들은 가면 죽는다는 것을 뻔히 알면서도 미친 듯이 달려가는 무대붕의 뒷모습을 황당한 표정으로 잠시 바라보고는 다시 바쁘게 걸음을 재촉하기 시작했다.

　혹시라도 흑풍전차가 질풍처럼 따라붙으면 모두 끝장난다는 두려움
속에서…….

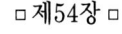

□ 제54장 □

그가… 우리의 곁을 떠났다

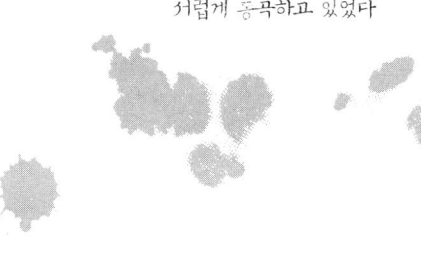

그가… 우리의 곁을 떠났다
—타오르는 황혼은 핏빛으로
서럽게 통곡하고 있었다

콰아아앙!

시간이 흘러도 흑풍전차의 위맹은 전혀 변화가 없었다.

여전히 질풍 같았고, 그 빠른 움직임 속에서 벼락처럼 날아
드는 창과 암기, 화살은 여지없이 무림인들의 신형에 정확히
꽂혔다.

쐐액!

"으아악!"

광한의 얼굴과 몸은 온통 식은땀으로 젖어 있었다.

어느덧 확연히 줄어든 무림인들의 모습이 보였다.

이런 식이라면 한 시진은커녕 반 시진도 버틸 수가 없다.

어떡하든 한 시진은 버텨야만 한다. 그렇지 않으면 이들은
또다시 무서운 기세로 추격하게 될 테고 퇴각하는 중원군은
이들에게 모두 몰살당할 수밖에 없기 때문이다.

콰아아앙!

피웅!

눈을 어지럽히며 광한의 옆을 스치는 흑풍전차에서 섬광처럼 암기가 쏟아졌다.

까까깡!

광한의 검이 번쩍이며 다급히 쳐냈다.

그러나 이번에는 측면이 아닌 정면에서부터 무섭게 달려오는 다른 한 대의 흑풍전차.

"타앗!"

광한의 신형이 정면으로 달려오는 흑풍전차의 위로 도약했다. 승부를 건 것이다.

마부의 좌측에 있는 무사부터 노렸다. 그러나 상대는 광한이 도약하는 순간 그와 같은 공세를 예상이라도 한 듯 엄청난 암기를 내던졌다.

광한의 공격보단 암기의 속도가 빨랐다.

파파파꽉!

암기를 쳐내기에 급급했다. 더욱이 지면도 아닌 허공에서 날아드는 암기를 검으로 쳐내려니 아무리 절정의 무학을 지니고 있는 광한일지라도 막아내기가 만만치 않았다.

쐐애애액!

고막을 찢는 듯한 파공성과 함께 광한의 심장을 노리고 짓쳐 드는 창날. 암기의 공세만도 막아내기가 벅찬 상황이거늘, 우측 무사기 던진 창까지 막아내야 할 입장이었다.

광한은 창을 쳐낼 만한 시간적인 여유가 없자 어쩔 수 없이 몸을 틀어 바닥을 굴렀다.

그의 신형이 바닥을 구르자 뒤따르던 또 한 대의 흑풍전차에서 창들이 연속적으로 쏟아졌다.

파파파팟!

광한은 팽이처럼 바닥을 구르며 가까스로 피했고, 창들은 땅 깊숙이 쑤셔 박혔다.

"하아… 하아……."

광한은 가쁜 숨을 몰아쉬었다.

'도… 도저히 빈틈이 없다.'

광한의 눈에 절망이 스치려는 순간, 그는 보았다. 바닥 깊숙이 박혀 있는 창의 모습을…….

콰아이앙!

흑풍전차는 지칠 줄 모르고 또다시 광한을 향해 맹렬히 달려들었다. 이번에도 정면에서의 공격이다. 그대로라면 광한을 짓밟고 지나갈 기세였다.

츄리릿!

마치 실타래가 풀어지듯 광한의 손목에서 투명한 줄이 풀려 나가더니 땅에 박혀 있는 창을 휘감았다.

콰콰콱!

창과 암기는 여지없이 날아들고 광한은 다시 한 번 바닥을 구르며 피했다.

지면에 박혀 있는 창과 바닥을 구르며 피한 광한 사이를 미칠 듯이 돌진하던 흑오마들의 다리가 투명한 줄에 걸리는 게 아닌가!

빠각! 파아앗!

격한 파육음과 동시에 터지는 피분수.

"어엇!"

흑풍전차를 몰던 마부와 무사들은 갑자기 질주하던 말들이 중심을 잃고 앞으로 곤두박질을 치자 경악했다.

그러나 아무리 숙련된 마부라 할지라도 다리 잃은 말을 어찌할 수는 없었다.

콰르르르… 콰쾅!

백류삭(白流索).

극히 얇고 가느다란 철선의 이름이었다.

상대의 몸에 격중되면 철선의 특성상 상대의 몸을 휘감게 되고, 다시 그것을 잡아당기면 철선에 감긴 것들이 살점을 뭉텅 떼어내 버리는 기병(奇兵)이다.

지난 전투에서 미륵색귀 변광팔의 마현검을 빼앗았던 백류삭이 다시 한 번 위력을 보이는 순간이었다.

콰아아앙!

또 한 대의 흑풍전차가 질주해 온다. 이번은 측면 방향이다.

광한은 백류삭에 말의 다리가 걸릴 수 있도록 급히 몸을 이동했다.

이히힝! 이힝!

콰콰콰쾅!

백류삭에 말의 다리가 걸렸고, 또 한 대의 흑풍전차가 격렬하게 전도되었다.

"아… 아니? 백류삭?"

언덕 위에서 장내의 격전을 내려보던 사공중필의 얼굴에 당혹이 스치기 시작했다.

"백류삭? 그게 뭐요?"

타미루는 의아한 표정을 지었다.

"만년한철로 만든 철선으로 무엇이든 스치기만 하면 살덩어리가 그 대로 끊어져 나간다는 황궁무고의 삼 대 병기 중의 하나요."

"아니? 만년한철로 만들었는데 어찌 투명할 수가 있소? 철선이라면 당연히 검은 색이어야 하거늘……."

"그러니까 기병이라는 거죠. 투명해서 자신의 몸에 걸리는지도 모르고, 스치는지도 모른 채 당할 수밖에 없는 가공가경(可恐可驚)한 병기입니다."

사공중필의 안색은 심각하게 변하기 시작했다.

"과연 북궁월이오. 흑풍전차를 저런 방법으로 와해시킬 생각을 하다니……."

"군사, 그렇다면 방법을 찾아야 할 것이 아니오?"

"저런 상태라면 흑풍전차가 공격을 계속할 수가 없소. 아무래도 제독이 나서야만 할 것 같소."

"크하하핫! 이제야 군사께서 나의 가치를 인정하시는구만. 그럼, 꿩은 매가 잡아야지 호랑이가 잡을 수는 없지."

타미루는 득의만면한 표정으로 크게 웃었다.

전쟁처럼 신나는 놀이도 없다고 생각하는 위인이다. 그런 그가 구경만 하려니 얼마나 몸이 쑤셨겠는가?

"흐흐… 그렇지 않아도 저 자식에겐 갚아야 할 빚이 있는데… 아무튼 기쁘구만, 내 몫으로 돌아와서……."

촤앙!

타미루는 양 어깨에 매어져 있는 쌍 도끼를 뽑아 들었다.

그리고는 지체없이 전장을 향해 빛처럼 쏘아갔다.

"크하하하핫! 이노옴, 내가 직접 상대해 주겠다."

타미루가 날아가는 것과 동시에 사공중필은 조참에게 신호를 보냈다. 그러자 조참은 곧바로 허공을 향해 향전을 쏘았다.

삐리리릿!

전과는 향전의 소리가 달랐다.

흑풍전차대를 이끄는 염소수염은 전과 다른 향전 소리에 고개를 들어 언덕을 응시했다. 그리고는 알겠다는 듯 팔을 크게 돌렸다.

파아아앗!

십여 장 높이의 언덕 위에서 빛처럼 자신을 향해 날아드는 타미루의 공세에 광한은 흠칫 했다.

쉬아악!

바람을 가르는 그 파공음만 들어도 그의 도끼가 얼마나 가공할 위력을 지니고 있는지 여실히 짐작할 수 있었다.

그의 도끼는 수십 개의 환영을 뿌려대며 광한의 전신을 휘감아왔다. 지옥팔부식 중 세 번째 부식인 만천악부(滿天岳斧)였다.

파츠츠츠츳!

지난 전투에서 자신에게 처음으로 패배를 안겨준 상대라는 이유로 그의 도끼엔 살심(殺心)이 가득 찼다.

광한은 갑작스런 타미루의 공세로 더 이상 흑풍전차에 신경 쓸 여력이 없었다. 그는 쥐고 있는 백류삭을 급히 회수하고는 타미루의 살기 충천한 공세에 맞부딪쳐 갔다.

"호오… 제법이야. 멀리서 구경할 때보다 직접 상대를 해보니까 어째서 우리 애들이 쩔쩔맸는지 이해가 되는구만."

그는 탄성인지 빈정거림인지 모를 외침을 토하며 한 마리 매처럼 허공을 날아 광한의 머리 위로 떨어져 내렸다.

슈아아앗!

사방이 그의 도끼로 덮여 버린 듯한 착각이 들었다. 이번 공격은 지옥팔부식 중에서도 가장 파괴력이 강하다는 구룡참부(九龍斬斧)였다.

그 위력은 과연 강맹했다. 광한은 자신의 머리가 순식간에 무시무시한 도끼에 찍혀 금세라도 쪼개질 것 같은 느낌이 들었다.

하지만 광한은 물러서지 않았다. 오히려 타미루의 공격이 좀 더 거칠어지길 기다리기라도 했다는 듯 신속히 검기를 발출했다.

콰앙!

귀청이 떨어지는 것 같은 마찰음과 함께 그토록 찬란하게 허공을 뒤덮었던 수십, 수백의 도끼 환영은 씻은 듯이 사라져 버렸다.

"크억……."

동시에 타미루는 답답한 신음을 흘리며 뒤로 주춤주춤 물러섰다. 상당한 충격을 받은 듯 좋던 혈색이 해쓱하게 질려 있었다.

광한은 조금도 멈추지 않고 뒤로 물러서는 타미루를 향해 계속 공세를 펼쳐 나갔다.

쐐액!

'이… 이렇게 빠른 쾌검이 있다니…….'

타미루의 동공은 크게 확대가 되었다.

열다섯 때부터 전장에서 수많은 격전을 치르며 무수히 많은 상대를 겪었던 타미루다. 그러나 이토록 빠른 쾌검을 가진 사람은 일찍이 본 적이 없었다.

'어… 엄청난 놈. 이… 이 자식의 검술은 모용세가의 젊은 가주 놈

보다도 족히 두 수는 위다.'

비록 야율노극에게 패하긴 했지만 그래도 자신의 눈엔 최고의 검객으로 보였던 모용천조차도 광한의 상대가 안 될 것이라는 느낌과 함께 처음으로 패배라는 단어가 머리 속에 떠올랐다.

'이 자식. 내가 죽어도 곱게는 안 죽는다.'

타미루는 어금니를 질끈 깨물며 지옥팔부식의 마지막 초식인 파천참부(破天斬斧)를 펼쳤다.

까까까깡! 깡!

짓쳐 드는 검기를 막아냈다. 그런데, 좌수에 있는 도끼 하나가 검기에 튕긴 후 그의 손을 이탈했다.

푹!

도끼가 그의 손을 떠나는 것과 동시에 광한의 검이 복부를 쑤셨다.

그런데, 예상치 못한 일이 일어났다.

핑그르르.

타미루가 놓친 도끼는 광한의 검이 타미루의 복부를 파고드는 것과 동시에 허공에서 한 바퀴 선회한 후 광한을 향해 돌진하는 것이 아닌가!

'......!'

예상치 못한 변수에 광한은 막을 틈이 없었다.

콰적!

도끼가 광한의 어깨를 찍었다.

"우욱!"

광한은 비틀거리며 어깻죽지에 박힌 도끼를 뽑았다. 그와 동시에 분수처럼 피가 터져 나왔다.

광한은 뽑아낸 도끼로 타미루의 얼굴을 노렸다.

쾌악!

그러나 광한은 도끼를 내려찍지도, 던지지도 못했다. 그보다 먼저 그의 등에 화살이 꽂혔기 때문이다.

쌔액!

콱! 콱!

미처 광한의 몸이 돌아서기도 전에 다섯 대의 화살이 연속해서 광한의 등에 꽂혔다.

화살을 쏜 인물은 바로 염소수염이었다.

쾌아이앙!

염소수염이 타고 있는 흑풍전차가 무서운 기세로 달려오기 시작했다. 마지막 일격을 노리듯 그의 우수엔 창이 쥐어져 있었다.

"끄으윽……."

광한은 비틀거리며 염소수염과 흑풍전차를 응시했다.

뭔가 해야 한다.

죽더라도 이대로 죽을 수는 없다.

마지막 단 한 올의 진기까지 끌어올려서라도 자신을 덮칠 기세로 달려드는 흑풍전차를 향해 일장을 날리고 싶었다.

그런데… 그런데 공력이 전혀 모이지가 않았으니…….

쾌아이앙!

미친 듯이 달려드는 흑풍전차.

그리고 염소수염.

"흐흐흐… 잘가라! 중원의 영웅이여!"

염소수염이 득의만면한 미소를 흘리며 들고 있는 창을 던지려는

순간,

고오오오!

마치 수레바퀴가 구르는 것 같은 굉렬한 기세의 장력이 달려오는 흑오마의 다리에 쏟아졌다.

콰쾅!

그러자 격렬한 폭음과 함께 흑풍전차를 이끌던 흑오마들의 앞다리가 부러지며 그대로 곤두박질치는 것이 아닌가!

쿠다다당탕.

엄청난 흙먼지를 일으키며 흑풍전차는 광한을 덮치질 못한 채 전복하고 말았다.

"으으……"

먼지 속에서 마차와 함께 곤두박질을 친 염소수염은 다시 창을 들고 일어서려 했다.

"개새끼! 뒈져랏!"

피이이잇!

두 줄기 강맹한 기류가 비틀거리며 일어나는 염소수염의 양 눈으로 쏘아갔다.

퍼펑!

가죽 북 터지는 소리와 함께.

"으아아아!"

폐부를 쥐어 짜는 듯한 처절한 단말마의 비명을 토하며 염소수염이 뒤로 곤두박질쳤다.

두 눈이 함몰된 상태로…….

그와 동시에.

츄아앗!

마치 한 마리의 제비와도 같은 속도로 한쪽 무릎을 꿇고 주저앉아 있는 광한을 향해 나타난 인영이 있었다.

"바보 같은 자식. 이게 무슨 꼴이냐?"

광한은 몽롱해지는 의식 속에서 매우 귀에 익숙한 음성을 들었다.

'이… 이 목소리는……?'

광한은 힘들게 고개를 들었다.

"가… 각하……?"

그렇다!

흑풍전차와 염소수염을 박살 내면서 나타난 인물은 바로 무대붕이었다.

＊　　　＊　　　＊

"아아악!"

벽하는 고통스런 비명을 토하며 의자와 함께 쓰러졌다.

"고… 공주님?"

애향은 눈을 휘둥그렇게 떴다.

함께 탁자에 앉아서 뜨개질을 하던 중 갑자기 사색이 되며 쓰러졌으니 어찌 당황하지 않을 텐가?

"아아… 애향아… 아기가……."

비 오듯 식은땀을 흘리며 고통스러워하는 벽하의 모습에 애향은 의아했다.

'이상하다. 아직 한 달 정도 남았을 텐데?'

"아악……!"

그러나 그녀는 더 이상 고개를 갸웃거릴 수가 없었다. 그대로 있다가는 정말 벽하의 숨이 끊어질 것 같았기 때문이다.

"공주님, 괴로워도 잠깐만 기다리세요."

말과 함께 애향은 용수철처럼 문을 열고 뛰어나갔다.

"어의(御醫)님, 어디 계세요! 아기씨가 태어나실 것 같아요! 급해요! 급하단 말예요!"

*　　　　*　　　　*

"가… 각하가 어떻게, 이곳에……?"

광한은 흐려지는 눈으로 무대붕을 응시했다.

무대붕은 광한의 안색이 시퍼렇게 변해가는 모습에 눈을 부릅떴다.

'서… 설마……?'

그 순간,

콰아아앙…….

무대붕과 광한을 향해 또 다른 흑풍전차가 돌진하기 시작했다.

질풍처럼 달려오는 한 기의 전차.

그리고 중앙의 숙련된 마부와 엄청난 속도임에도 불구하고 흔들림 없이 좌측과 우측에서 활과 창을 겨누며 우뚝 서 있는 두 명의 무사들의 모습이 무대붕의 시야에 들어왔다.

피웅! 피이잇!

무대붕의 인지와 중지에서 섬광과도 같은 두 줄기의 지풍(指風)이 발출됐다.

"억!"

마부는 자신의 눈을 향해 쏘아오는 두 줄기 빛을 보며 다급한 헛바람을 삼켰다. 그러나 그것이 그가 취할 수 있는 유일한 행동이었다.

퍼퍽!

무대봉의 지풍은 마부의 양 눈에 정확하게 꽂혔다. 천하의 광마불도 경악하게 만들었던 태극회선지다. 마부의 능력으로 피하기엔 역부족이었다.

"으아아아아!"

마부는 두 눈을 감싸며 고통의 몸부림을 쳤다. 감싸 쥔 그의 손가락 사이로 피가 쉼없이 흘러나왔다.

"어어억!"

그러자 아무리 흑풍전차가 급회전을 해도 전혀 흔들림이 없었던 무사들의 몸이 크게 기우뚱거렸다. 무대봉을 향해 달려들어야 할 흑오마들이 방향을 이탈하여 다른 흑풍전차가 있는 쪽으로 달리는 것이었다.

"어억! 이놈들이 미쳤나?"

"피… 피햇!"

다른 흑풍전차의 전열이 급하게 흩어졌다.

"임마! 어서 내 등에 업혀."

무대봉은 여전히 자신의 손에 굳게 움켜쥐고 있는 광한의 검을 대신 쥐며 등을 내밀었다.

"각하… 그냥 가. 나로 인해 각하만… 위험해질 뿐야……."

"어쭈? 말 안 들을래? 어서!"

"난… 이미 틀렸어… 그러니… 제발… 그냥 가……."

"이 양심없는 놈아. 내가 너한테 투자한 게 얼만데 네가 어떻게 네

맘대로 죽을 수 있단 말이냐?"

무대붕은 눈물이 가득 고인 눈으로 광한을 직시하며 소리를 질렀다.

"각하……?"

"넌 내 허락 없이 못 죽어. 절대 죽을 수 없어. 그러니 어서 업히란 말야! 어서, 이 새꺄!"

"……."

광한은 더 이상 고집하지 못했다.

도주를 한다면 상대의 흩어진 전열이 정비되기 전에 해야만 한다.

아무리 무대붕이 광마불에 못지않은 고수라 할지라도 아직도 열다섯 대 가까이 남아 있는 흑풍전차를 상대한다는 건 불가능하다. 시간을 지체하다간 무대붕까지 위험해질 수밖에 없다.

자신을 두고 그냥 돌아가면 좋으련만, 무대붕의 고집을 누구보다도 잘 알고 있는 광한이기에 어쩔 수 없이 시키는 대로 그의 등에 업혔다.

파앗!

광한이 등에 업히기가 무섭게 무대붕의 신형이 번개처럼 날았다. 그곳에 그가 타고 온 천비가 있었다.

"크으윽! 저놈들이 도망친다."

타미루가 본능적으로 벌떡 일어나며 소리를 질렀다. 그러나 광한의 검에 복부를 찔린 탓인지 그의 고함은 예전 만큼 쩌렁하질 못했다.

"내 허리를 꽉 붙삽아라. 떨어지지 않도록."

"대체… 어쩌려고… 천비가 뛰어난 말이긴 하지만… 흑풍전차의 추격을 벗어날 수는 없어……."

"임마, 내가 다 알아서 할 테니 넌 꽉 잡기나 하라구."

콰두두두!

무대붕과 광한을 태운 천비가 달리기 시작한다.

그러자 전열을 정비한 열다섯 대의 흑풍전차가 그들을 무서운 속도로 뒤쫓았다. 그것도 일렬로 줄을 지어서……

콰르르르릉…….

"저자는 누구인가?"

언덕 위의 사공중필이 이중 세작인 매부리코에게 물었다.

"화려한 백의에 보석으로 치장한 엄청난 무공의 젊은 무림고수라면… 개방의 무대붕 방주인 것 같습니다."

"개방이라면 거지 문파……?"

"그렇습니다. 그곳의 젊은 방주가 멋도 엄청나게 부리고, 무공은 무림에 적수가 없을 정도로 무지막지하게 강하다는 얘기를 들었습니다."

"이십대의 나이에 벌써 초절정의 고수라니……?"

사공중필은 감탄을 금치 못하는 표정이었다.

그가 비록 전혀 무공을 익히진 못한 몸이지만, 무림고수들의 무공과 그 수준에 대한 어느 정도 상식은 있었다. 그러나 이십대의 나이에 무대붕과 같은 가공할 고수가 존재했다는 얘긴 아직까지 들어본 적이 없었다.

"음… 어차피 제거되야 할 인물이었군. 제 발로 잘 나타나 주었어. 아무리 절정고수라 할지라도 흑풍전차의 추격은 벗어날 수 없을 테니까."

사공중필은 나직히 뇌까리며 입가에 비릿한 미소를 흘렸다.

"군사님… 북궁월이 회생하기는 불가능하겠죠?"

"그런 기적은 존재할 수가 없겠지."

사공중필은 문득 하늘을 응시했다. 그의 표정은 씁쓸했고 허탈해 보였다.

'아까운 인물이었는데……. 어쩔 수 없었네. 자넨 우리가 넘어야 할 최고의 장애물이었으니까…….'

콰두두두!

천비는 숲 속 길을 달리고 있었다.

양쪽으로 십 장 이상의 거대한 나무들이 쭉쭉 뻗어 있는 숲길이었다.

콰아아아…….

흑풍전차는 계속 질풍처럼 쫓아왔다.

광한의 말처럼 천비가 명마이긴 했으나 흑풍전차를 이끄는 흑오마에 비하면 능력이 부족했다.

무대붕은 힐끗 고개를 돌려보았다.

점차 격차를 좁히며 따라붙는 흑풍전차의 행렬.

선두에 있는 흑풍전차의 무사는 이제 달리는 천비를 향해 화살이나 창을 던질 수 있을 만큼 바짝 따라붙었다.

무대붕은 자신의 손아귀에 쥐어져 있는 광한의 검을 굳게 움켜쥐었다.

'후훗! 여기가 네놈들 무덤이다.'

잠시 그의 입가에 싸늘한 미소가 스치는가 싶더니 그의 입에서 우레와 같은 폭갈이 터졌다.

번쩍! 버— 번쩍!

양 옆의 나무들을 향해 엄청난 검기가 연속적으로 발출되었다.

두두두두…….

천비는 계속 앞으로 질주했다.

그러나 무대붕의 검기가 스친 나무들은 서서히 기울어졌다.

드드드득…….

십 장이 넘는 거대한 나무들이 양 옆에서 무섭게 쓰러지기 시작했다.

"헉!"

"으아아아! 나… 나무가 쓰러진다…….."

줄지어 달려오던 흑풍전차의 무사들이 기울어지는 나무들을 보며 경악을 했다.

그러나 아무리 흑오마가 빠르다 해도 중심을 잃고 쓰러지는 나무들에 비해선 빠르지 않았다.

꽈르르릉… 꽈아아아…….

히힝! 히히힝!

"으아악!

"크아악"

엄청난 흙먼지와 함께 맹렬한 기세로 추격을 해오던 무적의 흑풍전차들은 나무에 깔리는 신세가 되었다.

쏴아아아…….

맑은 계곡 물이 흐른다.

계곡 가에 있는 넓은 암반 위에 광한이 누워 있다.

"하아… 하아……."

광한의 입에서 고르지 못한 숨소리가 흘러나온다.

백옥과 같던 그의 안색은 흙빛이 되었고, 체온 또한 급격히 식어가고 있었다.

"임마! 정신 차려. 그리고 이거라도 먹어봐. 예전에 허 의원이 내가 독상(毒傷)을 당했을 때 준 약이다."

무대봉은 자신의 품에서 꺼낸 환단을 광한에게 억지로 먹이려 했다.

"하아… 소… 소용없어…… 놈들은 화살 끝에… 학정홍(鶴頂紅)을… 발랐어……."

학정홍.

학의 벼슬에서 추출한 극독이다. 일각 이내에 해독제를 먹지 않으면 결코 치유할 수 없는 가공할 독성을 지닌 무림 삼 대 극독 중의 하나다.

"임마! 그래도… 일단 먹어봐. 최후까지 최선을 다해봐야지. 그냥 이렇게 죽을 거야?"

무대봉은 가슴이 찢어지는 것 같았다.

그리고 자신이 꺼낸 환약으로 치유될 수 없다는 것을 어찌 모르겠는가?

"빌어먹을! 내가 조금만 더 서둘렀더라면……."

눈물이 흐른다.

그리고 조금만 더 일찍 도착하지 못했다는 게 그저 미칠 듯이 속상할 뿐이었다.

"하아… 각하……."

"말해……."

"꼭… 금마국의 침략을… 막아내야 해……. 각하라면… 그렇게… 할 수… 있을 거야… 하아……."

"임마, 오랑캐가 이 땅을 집어삼키면 어떻고, 주인이 바뀌면 좀 어떻다는 거야? 대체 그깟 게 뭐가 그토록 중요하다고……."

"이 땅은 조국이니까… 우리들의……."

"조국? 이 멍청한 자식아, 그 잘난 조국 때문에 이렇게 네가 죽게 됐는데도 그런 소리가 나와?"

무대붕은 언성을 높였다.

"생각해 보라구. 조국이 부르면 넌 언제나 생명을 아끼지 않은 채 나가서 싸웠다. 너는 그랬는데 잘난 조국은 너의 가문을 역적으로 만들고 너의 무공까지 폐지시켰다."

음성은 더욱 높아가고 눈물은 하염없이 흘렀다.

"그럼에도 네놈은 또다시 위기에 빠진 조국을 위해 나섰다. 조국으로부터 버림은 받았을지언정 그 어떤 혜택도 받지 못했음에도 불구하고… 이 한심한 자식아!"

쾅!

더 이상 격앙된 감정을 제어할 수가 없는 듯 무대붕은 암반을 주먹으로 내려쳤다.

광한은 희미하게 미소를 지었다.

"그래도… 조국은 우리를… 만나게 해줬잖아……."

"……?"

"그리고… 개방의… 친구들도 만나게 해줬고……."

"……!"

"각하… 우리가 이 땅에 살기 위해… 우리의 조상들이… 얼마나 많은 피와 눈물을 흘렸는데… 우리가 이 땅을 오랑캐에 빼앗기면 되겠어?"

"몰라, 난 그런 거."

"조상들이 아무런 대가 없이… 우리에게 물려줬듯이… 우리도 우리의 후손들에게… 이 땅을 물려줘야 할… 의무와 책임이 있는 거라구……. 하아… 하아……."

"이 멍청한 자식아. 숨이 깔딱깔딱거리면서도 그런 얘기가 입에서 나와? 미치도록 보고 싶은 공주와 그리고 곧 태어날 아기도 못 보고 죽는 게 억울하다고, 그래서 죽을 수 없다고 하늘에다 대고 악다구니를 쓰는 게 정상이잖아! 그래, 안 그래?"

무대붕의 얼굴은 이미 눈물로 뒤범벅이 되어 있었다.

벽하와 다시 만나야 한다는 일념 때문에 죽음보다도 못한 삶을 감내한 광한이다.

그랬던 그녀와 이제 천년만년 행복하게 살 수 있는 입장이 되었는데 이렇게 죽어야 한다니…….

무대붕은 신을 이해할 수가 없다.

아니, 용서할 수가 없었다.

어떻게 한 인생을 이토록 완벽하게 꼬이도록 만들었단 말인가? 신을 만날 수 있다면 다짜고짜 턱주가리를 한 대 갈겨 버리고 싶을 정도로 무대붕은 크게 분노했다.

"그렇군… 그녀와… 우리 아기가… 보고 싶다. 무척……."

광한의 눈에도 한줄기 눈물이 흐른다.

"각하… 그녀에게… 그녀와… 우리 아기에게… 전해줘… 끝까지 지켜주지 못한 나를… 용서하지 말라고……."

"싫어, 임마. 할 말이 있으면 기운 차려서 네가 직접 얘기……?"

무대붕은 냉냉하게 말을 받으려다가 갑자기 눈을 크게 뜨고 말았다.

광한의 동공이 서서히 풀리는 것을 보았던 것이다.

"그리고… 사랑했… 노…라고……."

스르륵!

마침내 광한의 고개가 꺾어지고 말았다.

목숨보다도 더 사랑하는 벽하와 뱃속의 아기를 남겨둔 채.

그는 한으로 점철된 스물아홉의 생을 이렇게 마감하고 말았다.

"광… 광한아……."

무대붕은 넋이 나간 표정으로 광한의 얼굴을 쓰다듬었다.

광한의 얼굴 위로 무대붕의 눈물이 하염없이 떨어졌다.

와락!

무대붕은 부숴질 듯 광한의 시신을 부둥켜안았다.

그리고 그의 입에선 짐승과 같은 괴성이 터져 나왔다.

"으아아아아아."

광한!

중원을 구하기 위해 전장의 한복판으로 뛰어들었던 젊은 거인의 몸은 무대붕의 품에서 차갑게 식어갔다.

하늘조차 거성(巨星)의 죽음을 슬퍼함인가……?

타오르는 황혼은 핏빛으로 서럽게 통곡하고 있었다.

*　　　　*　　　　*

황혼이 통곡하던 바로 그 순간…….

"으앵! 으애앵……."

아기가 태어났다.

무려 열 시간의 산고 끝에…….

아빠가 죽었다는 사실도 모른 채, 예쁜 공주가 태어났다.

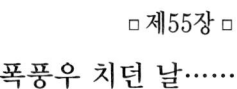

□ 제55장 □

폭풍우 치던 날……

폭풍우 치던 날……

—내려꽂듯 쏟아지는 폭우 속에 한 사내가 서 있다

우르르릉… 번쩍!

쏴아아아아……

종일 짙은 구름이 하늘을 가리더니 결국 장대 같은 비를 뿌리기 시작했다.

바람 또한 거친 매우 음산한 그런 날이었다.

천붕전.

"……"

음울하고 무거운 침묵이 영중제와 담일기 사이를 강물처럼 흐르고 있었다.

하남 전선의 붕괴와 퇴각.

그리고 생사조차 확인되지 않고 있는 북궁월.

"서문탁 대장군과 병력은……?"

굳게 다문 영중제의 입술이 천천히 떼어졌다.

"획가현(獲駕縣)에 있는 제삼진에 합류하였다고 합니다."

"금마국의 움직임은……?"

"적도들은 우리의 하남기지에 일단 군영을 구축하였다고 합니다만, 그들도 워낙 피해가 컸던 만큼 당분간은 공격할 수 없을 것으로 예상됩니다."

"단지 시간을 벌었다는 것 외에는 그 어떤 위안도 되질 못하는 얘기로구만."

"죄… 죄송합니다, 폐하……."

한숨을 내쉬는 영중제나 대답하는 담일기 역시 모두가 답답할 수밖에 없는 상황이었다.

만약 그들의 정비가 끝나면 획가현, 초작현, 맹주성을 거쳐 황도인 이곳까지 일사천리로 쳐들어오게 될 텐데 그들을 막을 수 있는 뾰족한 대안이 떠오르질 않기 때문이었다.

영중제는 답답한 듯 찻잔을 들이켰다.

"오늘이 며칠째지?"

"정확히 일주야가 되었습니다."

"일주야가 지났는데도 아직껏 아무런 소식이 없다면… 분명 변이 생겼다는 얘긴데……."

모두를 퇴각시키기 위해 끝까지 전선에 남아 있었다는 북궁월.

비록 하남 전선은 뚫렸지만, 그가 살아 있다면 지푸라기라도 잡는 심정으로 다시 기대를 할 수 있다는 게 영중제의 심정이었다.

그런데 느낌이 좋지 않다. 너무도…….

그때였다.

"폐… 폐하!"

젊은 환관 용재출이 다급한 표정으로 뛰어들었다.

"무슨 일이길래 호들갑이냐!"

담일기가 매우 못마땅한 표정으로 꾸짖었다.

"죄… 죄송합니다. 하지만… 밖에 좀 나와보십쇼."

"이놈아! 그게 무슨 뚱딴지 같은 얘기냐? 폭풍우가 몰아치는데 폐하께 밖으로 나오라니? 네놈이 지금 실성이라도 한 게냐?"

담일기가 눈을 부릅뜨며 크게 호통을 쳤다. 그러나 평소 큰 소리만 들으면 자라처럼 목을 움츠리던 용재출답지 않게 고집을 부렸다.

"나와보십쇼. 나와보시면 압니다, 제가 어째서 이러는지를……."

"어허! 도대체 뭐냐? 그럼 왜 그러는지 그 이유나 대거라."

영중제는 소심한 그에게서 볼 수 없는 완강한 고집에 의아해했다.

털퍽!

용재출은 무릎을 꿇고 고개를 바닥에 박으며 오열하기 시작했다.

"크흑… 폐하, 직접 확인하십쇼. 차마 제 입으로는……."

"……?"

"까르르……."

아기는 웃고 있었다.

웃음이 많은 아기였다. 눈은 맑고 투명했다.

벽하는 자신의 옆에 누워 있는 아기의 웃는 얼굴을 보고 있노라니 가슴 뿌듯한 행복이 밀려왔다.

열 시간이 넘는 출산의 고통은 이미 머리 속에서 지워져 버렸다.

"아가야, 너도 아빠가 보고 싶지?"

벽하는 아기의 볼을 어루만졌다. 뽀송뽀송한 탄력이 손 안에 기분 좋게 전해졌다.

"네가 이렇게 건강하고 예쁜 모습으로 태어난 것을 알면 아빠가 무척 기뻐하실 텐데……."

너무도 아쉽고 속상할 뿐이다.

이렇듯 아기 옆에 그가 함께 없다는 현실이…….

"아빠가 안 계시면 나라가 위험하니 어쩌겠니? 엄마는 그게 너무도 속상하지만 우리 아기는 아빠를 닮아 속이 넓으니까 이해해 주겠지?"

"까르르……."

아기는 또다시 보석처럼 밝게 웃음을 짓는다. 그 웃음소리에 벽하의 우울함이 깨끗이 지워졌다. 그녀에겐 아기의 웃음이 곧 위로였다.

쾅!

"고… 공주님!"

거칠게 문이 열리며 애향이 사색이 된 표정으로 들어섰다.

"애향아, 웬 호들갑야? 아기가 놀라면 어쩌려고……."

벽하는 가볍게 핀잔을 주었다. 하지만 애향의 상태는 정상이 아니었다. 얼굴은 눈물로 젖어 있었고, 음성 또한 격하게 떨리고 있었다.

"흐흑… 바… 밖에… 지금 밖에……."

"……."

제대로 말조차 잇지 못하고 눈물만 흘리는 애향의 모습에 벽하의 눈은 크게 확대되었다. 얼굴은 창백해지고, 큰 눈엔 두려움이 가득 찼다.

"서… 설마… 설마……?"

그녀는 자신이 산후 조리 중이라는 사실조차 잊은 채 용수철처럼 벌떡 일어났다.

번쩍… 꽝!

쏴아아아아…….

비는 여전히 무섭게 내리고 있었다. 거친 바람을 동반하고서…….

내려찍듯 쏟아지는 폭우 속에 한 사내가 서 있다.

피로 얼룩진 흰 백의는 비에 흠뻑 젖어 있었지만 사내는 마치 석상처럼 우뚝 서 있었다.

사내의 옆엔 말이 있다. 말은 수레를 끌고 있었는데, 수레 위에는 검은 관이 있었다.

"대… 대붕이……?"

영중제는 당혹스런 표정으로 사내를 바라보았다.

무대붕!

관이 있는 수레를 끌고 황궁에 나타난 사내, 그리고 빗속에 우뚝 서 있는 사내는 다름 아닌 무대붕이었던 것이다.

"저… 정말… 북궁월의 시신이란… 말인가……?"

비 때문인가?

영중제의 음성은 불안할 정도로 심하게 흔들렸다.

"……."

무대붕은 두 눈을 감았다. 그리고 대답 대신 고개를 끄떡였다.

"아… 아냐. 그럴 리가 없다. 어떻게 북궁월이… 아냐……."

영중제는 완강하게 고개를 저었다. 그리고 주변에 모여 있는 신하들에게 소리쳤다.

"뭣들 하고 있느냐? 어서 관을 내려라. 내 눈으로 직접 확인해야겠다."

관이 대청 안으로 옮겨졌다.

옻칠을 한 검은 목관이다.

"……."

한동안 딱딱히 굳은 표정으로 관을 응시하고 있던 영중제의 입술이 천천히 열렸다.

"열어보거라……."

"예."

용재출은 무거운 표정으로 서서히 관 위에 손을 댔다.

"기다려요!"

그 순간, 뾰족한 외침과 함께 벽하가 뛰어들었다.

"아… 아니, 벽하야……?"

영중제의 눈이 크게 확대되었다. 그녀가 나타날 것이라고는 생각을 못했던 모양이다.

"제… 제가 확인하겠어요. 제 눈으로 직접……."

"벽하야… 아직 몸도 불편할 텐데… 어쩌자고……."

영중제의 안타까운 음성은 벽하의 귀에 전혀 들리질 않는 듯 그녀는 용재출을 향해 차갑게 재촉했다.

"뭐 해요, 어서 열어보라니까요."

용재출은 대답 대신 영중제를 응시했다.

영중제는 잠시 상념에 잠겼다.

돌아온 북궁월의 모습을 벽하에게만큼은 결코 보여주고 싶지 않았지만, 어차피 알게 될 일이라면 현실을 인정하도록 하는 게 도리라고 판단했다.

영중제는 힘없이 고개를 끄덕였다.

마침내 관을 묶고 있던 끈들이 풀리고, 천천히 관 뚜껑이 열리기 시작했다.

그와 동시에 나타나는 얼굴.

백옥같이 흰 얼굴이 검게 탈색이 되었으나 그나마 한 가지 다행스러운 것이 있다면, 누가 봐도 그가 북궁월임을 알 수 있을 만큼 아직 심하게 부패되지는 않았다는 점이다.

아마도 학정홍의 지독한 독성이 시신의 부패까지도 지연시킨 듯했다.

털썩!

벽하는 무너지듯 관 옆에 주저앉았다.

"워… 월랑……."

광한의 얼굴을 천천히 쓰다듬는 벽하의 손. 이미 돌처럼 딱딱하게 굳어 있는 차가운 느낌이 그녀의 손을 통해 전해진다.

"어떻게… 어떻게 당신이 나한테… 이럴 수가 있죠? 우리가 어떻게 해서 다시 만나게 됐는데……."

주르륵…….

눈물이 광한의 얼굴 위로 떨어졌다.

"월랑… 나는 왜 당신이 죽어야 하는지 받아들일 준비도 되지 않았고 받아들일 수도 없어요……."

얼굴도 음성도 모두 눈물로 젖어 있었다. 그러나 광한은 여전히 조용했다.

"아기가 태어났어요……. 예쁜 공주예요. 특히 빛나는 눈과 웃는 얼굴은 당신을 빼다 박았어요. 월랑, 아기를 만나고 싶죠? 일어나세요. 아기가 아빠를 기다리고 있어요……."

벽하는 돌처럼 굳어 있는 광한의 시신을 일으키려 했다. 그러나 시신은 꼼짝조차 하지 않았다.

"구경만 하지 말고 도와주세요. 우리 아기가 아빠를 기다리고 있어요. 우리 아기가……"

벽하는 주변의 사람들을 둘러보며 도움을 청했다.

"……"

영중제의 가슴은 비수로 오려내는 것처럼 너무도 고통스러웠다.

'나쁜 사람… 나에게 감당할 수 없는 무거운 채무를 남겨놓고 이대로 떠나 버리다니……'

북궁월에게 그는 너무도 큰 빚이 있었다.

그래서 이 전쟁이 끝나고 돌아오면, 비록 늦었지만 가장 성대한 혼례식과 함께 그를 부친 북궁장천의 관직이었던 어사대부로 임명할 생각을 하고 있었다.

아울러 북궁가(北宮家)를 대륙 최고의 충신 가문으로 선언하려고 했는데, 그래서 조금이나마 마음의 빚을 덜고자 했는데……

북궁월은 그런 기회조차 주질 않은 채 영중제의 곁을 떠난 것이다.

"자넨… 결국 나를 역사의 죄인으로 만들었구먼. 나쁜 사람 같으니라구……"

쿵……!

영중제는 눈물을 흘리며 관 앞에 무릎을 꿇었다.

만인지상인 대륙의 황제가 한 사내의 죽음 앞에 무릎까지 꿇으며 비통해하는 모습에……

담일기와 용재출을 비롯한 장내의 신하들도 따라서 무릎을 꿇으며 오열했다.

조국이 힘들고 어려울 때마다 생명을 아끼지 않고 몸을 던졌던 전쟁 영웅 북궁월.

그의 차가운 시신 앞에서 모두가 눈물을 흘렸다.

쏴아아아…….

하늘도 울고, 땅도 운다.

그리고…….

여전히 수레와 함께 비를 맞으며 석상처럼 서 있는 무대봉.

우뚝 선 채로 허공을 바라보고 있는 그의 눈에도 뜨거운 눈물이 흐르고 있었다.

*   *   *

우르르릉… 번쩍!

쏴아아아아…….

폭우는 금마국의 연경성에도 쏟아지고 있었다.

야율노극의 처소인 철패전.

벌컥!

야율노극은 밝지 못한 표정으로 술잔을 들이켰다.

산서 전선과 하남 전선에서 벌어진 연이은 전투의 결과가 그의 생각처럼 간단치 않았기 때문이다.

산서 전선은 광마불이라는 천하최강 고수의 출현으로 선발대가 패배한 채 기지로 도주를 한 상태였고, 사공중필이 흑풍전차를 이끌고 직접 참가한 하남 전선은 비록 많은 중원군을 격퇴하고 결국 그들로 하여금 도주를 하게 했지만 기대했던 만큼의 깨끗한 승리는 얻어내지 못했다.

제독 타미루를 비롯해 많은 장수와 병사들이 부상을 당했고, 예상 밖으로 많은 흑풍전차가 궤멸됐다고 한다.

"비록 아군의 출혈이 크긴 했지만 북궁월이란 큰 장애물을 제거했다는 것만으로도 충분히 의미가 있는 전투였습니다."

부복을 하고 있는 사공중필의 대답이었다.

"북궁월… 중원군들을 모두 퇴각시키고 무림인 몇 명과 함께 흑풍전차를 맨몸으로 막으려 했다니……."

야율노극은 감탄한 표정으로 말을 이었다.

"뿐만 아니라 그런 상황에서도 타미루에게 검상을 입히다니… 정말 대단한 친구야."

"폐하! 그건… 제가 방심했을 뿐입니다. 안 그랬다면 그 자식은 저의 삼초지적도 되지 못했을 겁니다. 정말입니다."

타미루는 억울하다는 듯 얼굴까지 붉히며 입을 열었다.

흑풍전차의 연속적인 공세 속에서 기력이 쇠진한 북궁월을 상대하다 검상을 입었다는 건, 아무리 돌이켜 봐도 자존심이 크게 상하는 일이었기 때문이다.

"이 친구, 또 큰 소리가 나오는 것을 보니 몸이 많이 회복된 모양이구만."

"이깟 상처 별것 아닙니다. 내일이라도 당장 출전할 수… 우욱!"

타미루는 몸에 이상이 없음을 증명이라도 하려는 듯 몸을 벌떡 일으켜 세우려다가 얼굴이 구겨지고 말았다. 광한에게 당한 검상이 그를 고통스럽게 하였다.

야율노극은 못마땅한 듯 혀를 찼다.

"쯧쯧… 두 번씩이나 당했거늘 아직도 큰소리가 나오나?"

"폐… 폐하, 그… 그게 아니라……."

"됐네. 자넨 당분간 황궁에 나올 것 없이 치료에나 전념하게. 가장 큰 장애였던 북궁월도 이젠 나타날 일이 없으니 자네의 무위를 마음껏 발휘할 수 있을 게야. 알겠나?"

"예……."

야율노극이 더 이상 듣고 싶지 않다는 표정을 짓자 타미루는 자라처럼 목을 움츠리며 간신히 알아들을 수 있을 만큼 작은 목소리로 대답했다.

"그건 그렇고… 군사! 북궁월을 업고 도망치면서 우리의 흑풍전차가 모두 나무에 깔려 엉망이 되도록 만들었다는 그놈이 꽤나 신출귀몰한 재주를 가졌다면서?"

"무대붕이라고 중원의 거지 방파인 개방의 젊은 방주로… 무식하고 감투를 좋아하지만, 무공만큼은 적수를 찾아보기 힘들 만큼 초절정의 고수라고 합니다."

"음… 북궁월이 사라지니 이젠 또 다른 장애물들이 나타나는 건가?"

"염려하실 것 없습니다. 전쟁은 무공만으로 승패가 가려지는 비무가 아닙니다. 말씀드렸듯이 무공은 강할지언정 무식하기 짝이 없는 거지입니다. 폐하께서 마음에 두실 만한 그런 존재는 아니옵니다."

사공중필은 대수롭지 않다는 표정으로 입을 열었다. 광한이 죽은 이상 어떤 인물이 새로이 등장한다고 해도 중원은 이제 종이 호랑이에 불과하다고 그는 확신했다.

"오록호리 대장군이 이끄는 제삼진이 긴 행군 끝에 산동기지에 여장을 풀었다고 합니다. 그리고 낙양으로 가는 가장 빠른 경로인 하남 전선은 북궁월이 제거되고, 중원군이 획가현까지 퇴각하여 비어 있는 상태입니다."

"……."

"와해된 흑풍전차를 정비하는 대로 재차 진격할 계획입니다. 그리고 그땐 획가현은 물론 초작현과 맹주성을 거쳐 단숨에 낙양까지 달려갈 수 있을 겁니다."

사공중필은 자신에 찬 표정으로 대답했다.

"음… 비록 생각 이상으로 많은 희생이 있었지만, 자네 말대로 중원의 영웅인 북궁월을 제거한 것만으로도 우린 최대의 성과를 얻었다고 봐도 무방하겠지."

"그렇습니다, 폐하."

"좋아. 어서 재정비를 서두르도록 하라. 그래서 이번엔 거침없이 적의 황도까지 진격할 수 있도록 말이다! 짐은 하루라도 빨리 낙양에 입성하고 싶다. 알겠는가?"

"명심하겠습니다, 폐하!"

사공중필은 다시 한 번 자신에 찬 음성으로 대답했다.

북궁월이 사라진 이상 하남 전선을 통해 낙양으로 이어지는 공격로에는 그 어떤 장애물도 있을 수 없다는 것이 그의 생각이었다.

*　　　　*　　　　*

하남 전선에서 중원군이 퇴각했다는 소식은 그동안 전쟁의 승리를 낙관하고 있던 수많은 백성들을 불안에 떨게 했다.

또한, 그 전투에서 대륙의 희망이었던 전쟁영웅 북궁월이 전사를 했다는 소식은 백성들로 하여금 전율과 공포에 사로잡히도록 만들었다.

이제 중원의 운명은 바람 앞의 등불처럼 점점 위태롭기 그지없는 상황이 되었건만······.

그럼에도 불구하고 상당히 심기가 불편한 금마국의 장군이 있었다.

비무기. 바로 그였다.

벌컥!

비무기는 자신의 군막 안에서 신경질적으로 술잔을 들이키고 있었다.

며칠 사이에 급격하게 야윈 얼굴이다. 머리 또한 원형 탈모증까지 걸려 군데군데 구멍이 생겼다. 고민이 이만저만이 아닌 모양이었다.

"쓰가발··· 에잇! 쓰가발······."

비무기의 입에서 욕과 한숨이 연이어 터져 나왔다.

'왜 내 인생은 계속 이렇게 꼬이는 건가? 내가 전생에 무슨 죄가 그렇게 많길래······.'

그는 연신 술잔을 들이키며 자신의 처지를 한탄했다.

비무기의 한탄!

거기엔 그만큼 눈물 겨운 사연이 있었다.

그는 잔머리를 굴리고 또 굴린 결과 자신이 속한 산서 전선이 가장 쉬운 전투가 되리라 예상했다. 하여 밥 먹는 것보다도 전투를 더 좋아하는 용맹무쌍한 구타이의 옆에서 슬쩍 거들기만 하면 자신의 전공(戰功)도 빛날 수 있다고 계산했다.

게다가 자신은 금마국 서열 오 위인 도로곤과 인척 관계였다.

그렇다면 앞으로 출세는 더욱 보장될 것이라고 굳게 믿었건만.

안타깝게도 돌아가는 판세는 그렇질 못했다.

만만한 줄 알았던 산서전투는 광마불이라는 괴물의 출현으로 도망치는 신세가 된 반면에, 가장 곤란할 줄 알았던 하남 전선이 가장 먼저 뚫렸다고 하니 어찌 황당하지 않겠는가?

뿐만 아니라, 나이 어린 손위 처남 도로곤은 재출격을 할 땐 죽은 구타이의 역할을 비무기가 하라는 지시까지 내렸다.

'쓰가밬……. 선봉대에 끼는 것만 해도 살 떨리는 일이거늘, 거기서도 가장 앞에 나서서 병력을 진두지휘하라니? 이런 망할 놈의 자식 같으니 나더러 화살받이나 되라는 거야, 뭐야? 정신이 똑바로 박힌 놈이라면 제 놈의 여동생을 과부로 만들지 않기 위해서라도 안전한 자리에 날 배치해 줄 텐데 어떻게 된 게 그 자식은 날 못 잡아먹어서 그렇게 안달이지?'

생각하면 할수록 괘씸하기 짝이 없었다.

남자 관계가 문란한 여동생과 기꺼이 짝이 되어주었으면 고마워서라도 열심히 배려를 해줘야 정상이다.

그런데 도로곤에게서 그런 건 눈꼽만치도 찾아볼 수가 없었다.

'크흑, 내가 미쳤지. 애당초 결혼하는 게 아니었어. 그랬으면 그 자식을 따라 이쪽으로 올 일도 없었을 테고…….'

아무래도 도로곤의 처남이 된 것이 그의 일생일대 최고의 실수라는 생각과 물릴 수 있으면 지금이라도 당장 인척 관계를 물리고 앞으로 쉬운 전투만 남아 있을 하남 전선으로 당장 몸을 옮기고 싶은 마음만이 굴뚝같았다.

하지만 어쩌랴!

이미 자신은 도로곤의 전략대로 선봉대를 최일선에서 이끄는 장군
으로 임명된 것을……

'안 돼. 그런 식으로 출전하면 무조건 개죽음을 면치 못한다. 그 어
떤 수단과 방법을 강구해서라도 난 후방으로 빠져야 돼. 무조건……'

장군이라는 신분 따위 망각한 채……

앉으나 서나, 자나깨나 오로지 제 살길을 위해 비장한 표정으로 머
리를 굴리고 또 굴리고 있는 비무기.

얼마나 심하게 잔머리를 굴리고 있는지 원형 탈모증까지 걸린 그의
모습이 안타깝기 그지없었다.

*   *   *

월계객점(月溪客店).

개봉 내에서는 일류 급으로 꼽히는, 언젠가 무대봉이 가옥과 함께
술을 마시다가 봉변을 당했던 바로 그 객점이다.

소주(蘇州) 출신 주인인 왕월계가 직접 주방에서 만드는 강소 요리(江
蘇料理)의 탁월한 맛 때문에 개봉 유지들의 발길이 끊이지 않는 곳이라
지만, 시국이 어수선하면 손님도 없어야 할 텐데 뜻밖에도 손님들이 제
법 들어차 있었다.

손님은 당연히 돈푼 꽤나 모은 지역 유지들이었다.

그들은 각각 가까운 지인들과 함께 앉아 어두운 표정으로 시국을 토
론하고 있었다.

"자네들 소문 들었지? 하남 전선이 뚫렸다는 소문……"

번쩍이는 화의를 입고 있는 삼중 턱의 중년인이 불안한 안색으로 합

석한 친구들을 바라보았다.

"제길! 유일한 희망이었던 북궁월까지 희생당했단 것도 이미 들어서 알고 있다."

얼굴에 개기름이 번들거리는 사내가 술 한 잔을 들이키며 대답했다.

"노… 놈들이 저… 정말 황궁을 침략하고 대륙의 주… 주인이 되면 우린 어… 어떻게 되는 거지?"

시원하게 콧구멍이 뚫린 들창코는 심각한 표정으로 더듬거렸다.

"제길! 나라의 주인이 바뀐다고 설마 우리한테까지 무슨 피해가 있으려고…….

"아냐! 그건 그렇게 간단한 문제가 아냐. 없는 사람들이야 아무 상관이 없겠지만, 우리같이 재산이 많은 사람들은 아마도 많이 곤란해질 거야."

"고… 곤란이라니? 어… 어떻게……?"

"이미 그들은 점령지에서 유지들의 재산을 국고로 강제 회수했다는 소문이 있어."

"뭐?"

삼중 턱의 얘기에 개기름과 들창코의 눈이 크게 확대되었다.

"제길! 그 망할 놈들이 무슨 권리로 남이 힘들게 모든 재산을 제 맘대로 집어삼키겠다는 거야?"

"권리? 이 땅의 새로운 주인이라는 게 권리가 아니고 뭐겠나? 만약 그들이 강제로 회수하겠다고 하면 아무도 거부하지 못할 거야. 그 누구도…….

삼중 턱이 착잡한 어투로 입을 열자 개기름과 들창코는 소태 씹은 표정을 지었다.

"제길! 조정에선 그렇게 세금을 뜯어 가놓고 대체 뭘 한 거야? 그깟 오랑캐 하나 막지 못하고……."

"마… 맞어. 그렇게 엄청나게 세금을 거… 걷어갔으면 제대로 싸… 싸워야지 이게 뭐야……."

벌컥!

개기름은 온갖 인상을 찌푸리며 술잔을 들이켰다. 그리고 삼중 턱과 들창코를 번갈아 노려보았다.

"제길! 웬만한 놈들은 뒤로 돈 써서 멀쩡한 자식들을 다 징집에서 빼냈으니 무슨 재주로 적도들과 싸우겠나? 애당초 이건 정신 상태에서부터 질 수밖에 없는 전쟁이었다구."

"이 사람아, 딸만 있다고 그렇게 편하게 얘기하는 게 아냐. 만약 자네도 우리처럼 아들이 있었다면 전장에 가서 화살받이가 될 게 뻔한 걸 알면서 보내겠어?"

"그… 그래, 입장이 다르다고 쉬… 쉽게 말하는 게 아니라구……."

"닥쳐! 제길… 어쨌든 정신 상태가 그 모양들이니 지금 우리가 이 지경으로 몰린 거라구. 자네들은 나라가 어찌 되든 말든 오로지 자기네 식구밖에 모르는 이기주의자, 아니, 매국노들이야. 알겠어? 나라가 있은 후에 자기가 있는 거라구, 이 매국노들아!"

개기름이 인상을 쓰며 버럭 소리를 지르자 삼중 턱과 들창코는 발끈하며 멱살을 잡았다.

"뭐가 어째? 이 자식이? 그러는 네놈은 밑에 깔린 돈이 숨도 못 쉴 정도로 많으면서 긴급 전쟁 성금을 내라고 할 땐 어째서 돈이 없다고 닭똥 같은 눈물을 흘렸냐? 나라가 있은 후에 자기가 있는 거라며?"

"넌… 더… 더럽고… 치사한 놈아!"

"어쭈? 이거 안 놔? 이 자식들이 치사하게 둘씩 덤벼? 오냐. 그래, 좋다. 어디 한번 붙어보자."

우당탕! 쿵쾅!

"우왁! 이 새꺄. 어딜 잡는 거야. 어억… 거긴 급소야."

"아아악! 치사하게 물지 마!"

수십 년간 친형제와 같은 우정을 쌓았던 친구들이다.

그런 이들이 지역 유지라는 사회적 체면과 나이도 잊은 채 객점 바닥에서 뒤엉켜 싸우고 있다. 그것도 급소를 잡고, 개처럼 귀를 물어뜯는 등 원색적으로 부딪치며 피를 흘렸다.

전쟁은 이렇듯 모든 이들로부터 여유를 빼앗았고, 친구의 우정까지도 갈라놓고 있었다.

우당탕… 쿵탕……!

한쪽에서 치열한 혈전이 벌어지고 있는데 눈 하나 꿈뻑이지 않고 술잔을 들이키는 인물이 있었다.

무대붕이었다.

이미 꽤 많은 술을 퍼마신 듯 탁자 위엔 빈 술병이 어지러울 정도로 놓여 있었고, 눈은 초점이 풀려져 있다.

쪼르륵!

잔에 술을 따랐다.

그리고 다시 잔을 들어 술을 마시려다 말고 무대붕은 눈을 휘둥그렇게 뜨며 흠칫 했다.

찰랑이는 술잔 속에 광한의 웃는 얼굴이 보였다.

…각하야! '대인불책소인과' 라고 큰 덕을 갖춘 사람은 아랫사람의 하찮은

실수를 책망하지 않는다는 말이 있다구.

"큭큭… 망할 자식… 유식한 척도 꽤 했지……."
무대붕의 시야가 또다시 흐려졌다.

…불우한 이웃을 위해 쓰기로 약속했으면 그렇게 사용할 것이지 왜 자신만 아는 비밀 창고에 숨겨놓는 거야? 어째서?

"키킥… 임마, 그거야 내가… 워낙 돈을 사랑하니까 그런 거지. 뭘 몰라서 묻냐……."
씨익 입가에 미소를 한번 머금어보았다.

…각하! 내가 뭘 어떡할 수 있겠어. 나 역시 미치도록 그녀를 만나고 싶지만 이제 그녀는 각하가 사랑하는 여자가 됐는데.

"나쁜 자식… 그렇게 내 마음 갈기갈기 찢어가면서까지 다시 해후를 했으면 끝까지 행복해야지 이게 뭐냐……."
주르륵…….
가슴은 메어졌고 무대붕의 눈에선 뜨거운 눈물이 하염없이 흘러내렸다.

…이 땅은 우리의 조국이니까! 각하를 만나게 해주고, 개방의 친구들도 만나게 해준 조국…….

벌컥!

무대붕은 술잔을 들이켰다. 그리고 잔으로는 부족한지 아예 병채로 들이켰다.

"크크크큭… 나쁜 자식. 넌… 정말 나쁜 자식야… 왠 줄 알어……?"

무대붕의 고개가 흔들거렸다.

"왜, 왜냐하면……."

스르륵… 쿵!

흔들거리던 고개는 더 이상 무게를 지탱하지 못하고 탁자에 엎어지고 말았다.

그리고…….

"드르르릉… 푸우……."

탁자에 얼굴을 묻고 제대로 코를 골기 시작했다.

                    *   *   *

명주실 같은 아침 햇살이 창 틈 사이로 쏟아졌다.

"으음……."

무대붕은 불편한 신음을 흘리며 눈을 떴다.

"……?"

순간, 그의 눈이 휘둥그레졌다.

너무도 눈에 익숙한 공간, 바로 자신의 침소였던 것이다.

'어떻게 된 일이지?'

무대붕은 고개를 갸웃거렸다.

아무리 몇 번씩 생각을 해도 어째서 자신이 이곳에 누워 있는지 이해가 되질 않았다.

'객점에서 술을 마신 것까진 기억이 나는데… 끄응… 그 뒤로는 기억이 도저히……'

안 떠오르는 기억을 억지로 떠올리려 하자 어제 저녁에 마신 술기운이 올라오는지 속에서 쓴 물이 올라오며 머리가 지끈거렸다.

그때였다.

"이제 일어났어요?"

상냥한 말씨와 함께 쟁반을 들고 들어오는 여인이 있었다.

가옥이었다.

"뭔 술을 그렇게 많이 마셨어요? 숙취 해소에 좋다는 화봉차(花蜂茶)예요. 쭉 들이키세요."

그녀는 쟁반 위에 있는 그릇을 내밀었다.

꿀꺽… 꿀꺽…….

그렇지 않아도 조갈 때문에 답답하던 상황이었다. 무대붕은 고맙다는 인사도 생략한 채 숨도 안 쉬고 차를 마셨다.

"어떻게 된 거지? 난 어제 분명히 객점에 있었던 것 같은데……?"

"환규 해결단주가 우연히 그 객점에 갔다가 탁자 위에 쓰러져 있는 당신의 모습을 보고는 업고 왔어요."

"환규가……?"

"그래… 내가 다행히 봐드니 망덩이디 그렇디 않앗드면 누가 업어가도 몰랏들 덩도로 엄텅 튀햇더라구."

무대붕이 의아한 표정을 짓는 순간, 혀 짧은 소리와 함께 환규가 들어섰다.

"그나더나 어떻게 된 거야? 광한이가 둑엇따먼더……? 그게 다딜

이야?"

광한의 죽음에 관한 소문은 이제 웬만한 사람은 모두가 알 만한 사실이 되었지만 환규는 여전히 믿지 못하겠다는 표정이었다.

"……."

무대붕은 대답 대신 고개를 떨구었다. 또다시 광한의 마지막 모습이 뇌리에 떠올랐다. 그리고 가슴이 메어졌다.

"그… 그게 덩말이구나……. 탐 됴은 녀덕이엇는데……."

"……."

"게다가 그 녀덕을 만나러 각하가 딕텁 던던에 까디 달려갔는데… 그렇게 허망하게 둑다니……."

"……."

"하디만 아무리 독이 당해도 그렇디 무든 둘을 그렇게 마뎌? 덩던을 놓을 덩도로……."

누구보다도 광한에 대한 애정이 각별했던 무대붕이었기에 그의 죽음이 속상해서 어쩔 수 없이 마셨을 거라고…….

환규를 비롯한 총단의 모든 개방인들은 별다른 변명이 없어도 그의 마음을 충분히 이해할 수 있었다.

"아무튼 이데 돌아왔드니 덩던 타리고… 각하만 바라보고 다는 우리 딕구들을 위해더라도 기운 내라구. 각하가 없는 동안 여기 있는 가옥이가 얼마나 애떴는 둘 알어?"

그건 사실이었다.

환규의 말대로 무대붕이 없는 동안 가옥은 권한 대행으로서의 임무를 충실하게 이행했다.

처음엔 자신에게 아무런 말도 없이 전선으로 달려간 무대붕을 쫓아가려고 했었다. 하지만 무대붕에 대한 그녀의 각별한 마음을 잘 알고 있는 환규가 강력하게 막았다.

…가옥아! 내가 만약 각하의 입장이라면 맡긴 일을 팽개치며 따라오는 여다는 딜을 거야. 바람 피러 간 것도 아니고, 부하가 걱정이 돼더 간 건데 거길 왜 또라 가겠다는 거야? 그냥 그동안 맡긴 일을 달하는 게 됴을 텐데… 우리 각하가 원래 딘데 디면 꼭 갚는 덩격이거든.

바람 피러 간 게 아니라는 소리에 분노가 식은 것일까?
아니면 신세를 지면 꼭 갚는 성격이라는 게 위안이 되었을까?
어쨌든 그녀는 환규의 만류에 생각을 고쳐먹으며 무대붕이 없는 동안 열과 성을 다해 총단을 통솔했다.
각 사업단의 실적도 직접 챙겼고, 문도들 간의 반목이나 알력도 직접 나서서 엄하게 규율을 잡았다.
간혹 아무리 권한 대행이라지만 젊은 여자라는 이유로 복종하려고 들지 않는 문도들도 있었는데 그럴 땐 단호하면서도 가차없는 응징을 함으로써 충성을 하지 않으면 큰일 난다는 의식을 심어주었다.
그렇게 확실하게 조직을 장악해 버린 탓에 팔천에 달하는 총단의 식구들은 별다른 사고를 일으키지 않고 본연의 임무에 충실할 수 있었다.
무대붕은 가옥을 바라보며 희미한 미소를 지었다.
"애썼다. 그리고 고맙다."
"……!"
순간, 가옥의 검은 얼굴이 마치 꽃처럼 환하게 밝아졌다.
사랑하는 사람이 '고맙다'며 미소를 보인다. 더욱이 그동안 자신이 무슨 얘기를 꺼내려고만 하면 딴청을 피우거나 피하려고만 했던 바로 그 사람이…….

"각하……."

무대붕을 바라보는 가옥의 눈은 뜨겁게 충혈되었다. 어찌나 감격스러운지 분명 두 귀로 들었음에도 불구하고 여전히 실감이 나질 않았다.

"낄낄… 거 봐. 내가 뭐랬뗘. 안 따라가길 달했디?"

가옥의 마음을 잘 알고 있는 환규는 흐뭇한 표정을 지었다. 하지만 그들과는 달리 무대붕의 표정은 무거웠다.

"환규야……."

"응, 얘기해."

"모두에게 할 얘기가 있다. 지금 즉시 단주들을 소집해라."

제56장

전쟁에 참여한다!

전쟁에 참여한다!

—무조건 각하와 끝까지 함께하겠습니다……

풍류각.

모든 단주들이 하나도 빠짐없이 참석을 했다.

꿈해몽을 잘못했다는 이유로 의식을 잃을 정도로 얻어 터졌던 주부래도 불편한 몸을 이끌고 나타났고, 단주는 아니지만 그동안 권한 대행으로서 방주 직을 잘 수행했던 가옥 역시 무대붕의 지시로 그 자리에 참석하게 되었다.

"……."

실내는 무거운 침묵이 흐르고 있다.

무대붕이 돌아왔다고 하자 반가운 마음에 호들갑을 떨던 단주들은 그의 굳은 얼굴에 그만 입을 닫고 자리에 착석했다.

그러면서 조심스럽게 무대붕의 눈치만 살피게 됐는데, 굳게 닫혀진 그의 입술이 좀처럼 열리질 않았던 것이다.

'무슨 일이지? 뭣 때문에 각하가 심각하지? 우리 각하가 저렇게 심각한 표정을 하는 건 아마도 처음 보는 것 같은

데……'

'광한 학사가 죽었다는데… 그것 때문인가……?'

단주들은 궁금했으나 어느 누구도 감히 입을 열 수 있는 그런 분위기는 아니었다.

"지금부터… 내가 하는 얘기를 잘 듣기 바란다……."

드디어 무겁게 닫혀 있던 무대붕의 입술이 천천히 열리기 시작했다.

"앞으로 당분간 개방의 방주는 가옥이다."

단주들의 눈이 일제히 휘둥그레졌다. 물론 그중에서 가장 크게 확대된 것은 가옥이었다.

"각하… 그럼 또 당분간 떠나겟따는 얘기야?"

가옥의 심정을 대신하듯 환규가 입을 열었다. 무대붕은 고개를 끄떡였다.

"그렇다."

"왜 이렇게 다꾸 우릴 두고 등발(증발)하려는 거야? 이번엔 무든 일로……?"

"난… 전쟁에 참여하기로 했다."

"……!"

순간 모두의 표정이 딱딱하게 굳어버렸다.

…전쟁에 참어한다!

하늘이 두 쪽 나도 전쟁 따위엔 관심을 두지 않겠다고 누누이 떠벌이던 무대붕이었다. 심지어 그 문제로 무림맹 회의 때는 하북팽가의 팽염 가주와 칼부림까지 날 뻔하기도 했다.

그랬던 무대봉이 자신의 입으로 전쟁 참여 선언을 했으니 이들의 놀람은 극히 당연할 수밖에 없었다.

"각하는 나라의 두인이 바뀌든 말든⋯ 우리의 거디 딘데는 변할 게 없다고 햇딴아. 그런데 갑다기 왜⋯⋯?"

"생각이 바뀌었다."

"광한 학사 때문입니까?"

비교적 눈치가 빠른 정통단주 신문팔이 조심스럽게 입을 열었다.

"부인하지 않겠다."

"그렇다면 각하께서 군이 왜 가옥에게 방주 직을 떠맡기는 건지 더욱 이해할 수가 없네요."

신문팔은 고개를 갸웃거렸다.

"전쟁에 참여하기로 마음먹으셨다면 각 지역 분타에도 알리고 오합지졸에 불과한 개방의 육만 문도를 강력하게 진두지휘하기 위해서라도 방주 직을 떠넘기시면 안 되잖습니까?"

역시 한때 지방의 향시(鄕試)에도 붙은 적이 있는 두뇌의 소유자답게 신문팔의 질문은 예리했다.

"그⋯ 그래, 마더. 그럴두록 방두 다리를 남한테 마끼면 안 돼."

"맞습니다. 가옥이 아무리 잘 통솔한다고 해도 어디 각하만이야 하겠습니까? 더욱이 앞으로 전투를 벌이게 된다면⋯ 각하가 직접 진두지휘를 해야만 합니다.

"저도 동감입니다. 그렇지 않으면 이탈자가 많이 생겨날지도 모르는 일입니다."

이후 환규를 비롯한 많은 단주들이 무대봉의 생각에 반대했다.

"전쟁은⋯ 나 혼자만 참여할 것이다. 너희들은 절대 참여시키지 않는다."

무대붕의 입에서 단호하면서도 차가운 음성이 터져 나왔다.

"예?"

"뭐… 뭐라구요……?"

단주들은 황당한 표정을 지었다.

모든 개방인들은 그대로 있고 자신만 참여하겠다니…….

"빌어먹을! 그게 무슨 수작이야?"

꽝!

회의가 진행되는 동안 굳게 입을 다물고 있던 가옥이 탁자를 내려치며 용수철처럼 벌떡 일어났다.

얼음처럼 차가운 얼굴, 거친 음성, 그리고 마치 상대의 얼굴에 구멍이라도 뚫을 듯이 섬뜩하게 노려보는 눈…….

무대붕의 여자가 되기 위해서 성질을 죽이기로 약속한 이후 순한 양이 되었던 그녀가 어느새 본연의 모습으로 돌아온 것이다.

"혼자만 전쟁에 참여할 테니까 나더러 계속 방주 자리에 대신 앉아 있으라고? 야, 이 자식아! 지금 나 데리고 장난하자는 거냐?!"

"……."

무대붕은 대답하지 않았다. 그녀의 불편한 심기를 그가 어찌 모르겠는가? 약속 때문에 모든 성질을 죽이고 시키는 대로 열심히 뒤치다꺼리를 해온 그녀다. 성질이 나는 건 당연한 일이었다.

"가옥이가 싫다고 하니 어쩔 수 없군. 그럼 당분간 누가 대신 하겠냐? 정통단주? 아니면 장례단주?"

무대붕은 가옥의 시선을 외면하고 중인들을 향해 의중을 물었다.

채앵!

그러자 가옥이 느닷없이 등에 있는 감산도를 뽑아 들었다.

"어느 새끼든 하겠다는 놈이 있으면 내 손에 죽을 것이다."

누구든 막론하고 당장에라도 내려칠 서슬 퍼런 기세였다.

단주들은 그녀의 기세에 눌렸는지, 아니면 제멋대로인 무대붕의 행동이 탐탁지 않았는지 희망자가 나오질 않았다.

"무대붕, 이 나쁜 놈아. 우리를 내버려 두고 어째서 너만 전쟁에 참여하겠다는 거냐?"

"그걸 몰라서 묻는 게냐?"

"오냐! 모르니까 네 입으로 직접 얘기해 보라구."

그녀는 여전히 분노로 가득 찬 눈으로 무대붕을 쏘아보았다. 무대붕은 씁쓸한 표정을 지었다.

"전장은 너무도 위험한 곳이다. 삶과 죽음이 하루에도 수십 번씩 교차되는……."

"그래서? 개방 식구들의 희생을 원치 않으니까 너 혼자 참여하겠다고? 그럼 나는 뭐냐? 네 마음을 얻기 위해서 성질까지 죽여가며 인내하고 있는 나는 뭐냐구!"

가옥의 눈에 눈물이 글썽이자 무대붕은 당황했다.

"가옥아……?"

"안 돼. 난 보낼 수 없어."

가옥은 완강하게 고개를 저었다.

"네 마음을 모르는 바는 아니다. 하지만 난 내 품에서 광한을 보냈다. 그를 죽게 만든 놈들을 절대 용납할 수 없어."

"그러니까 죽은 놈만 소중하고 당신한테 나 같은 계집은 아무것도 아니라는 거야?"

"미안하다. 너한테는 입이 열 개라도 할 말이……."

"됐어. 그 어떤 얘기도 듣기 싫어. 꼭 가야만 하겠다면 나도 데리고 가! 절대 혼자는 못 보내."

"가옥아, 글쎄 이건 네가 고집 피운다고 될 일이 아냐. 전장이 무슨 애들 놀이터인 줄 알아?"

무대붕이 짐짓 목청을 높이자 가옥은 더 표독스럽게 소리쳤다.

"이 나쁜 놈아! 그렇게 위험한 곳이니까 당신 혼자만 보낼 수 없다는 거야!"

주르륵……!

가옥의 눈에서 참고 참았던 눈물이 쏟아지기 시작했다.

"위험하니까, 당신도 광한이란 사람처럼 돌아오지 못할 수도 있으니까, 그게 두려워서… 너무도 두려워서 난 당신을 보낼 수가 없단 말야……."

눈물과 함께 그녀는 무너지듯 바닥에 주저앉았다.

"못 보내… 절대 못 보낸다구… 으아아아앙~"

"가… 가옥아……."

마치 철부지 어린아이처럼 발을 구르며 오열하는 가옥의 모습에 무대붕은 가슴이 메어졌다.

그러나 그녀의 투정을 받아주기엔 마음의 여유가 없다. 아직도 희미한 미소를 지으며 고개를 떨구던 광한의 얼굴이 눈앞에 생생했기 때문이다.

"좋다. 신청자가 없다면 내 임의로 임명하겠다."

무대붕은 환규를 응시했다.

"환규야, 부탁한다."

"뭐?"

환규는 눈을 휘둥그렇게 떴다. 어이가 없다는 표정이었다.

"말도 데대로 못하는 날더러… 대단하라구?"

"그런 건 상관없다. 넌 어린 시절부터 나와 함께 자란 각별한 친구다. 그리고 네가 사심이 없다는 것을 알기에 많은 사람들도 널 좋아하고……."

무대붕은 자리에서 일어났다.

"모두 환규를 도와줄 것이라 믿는다. 그럼……."

남들의 얘기는 더 이상 듣지 않고 자신의 이야기만 하달하고는 몸을 돌려 나가려는 순간.

"엿 같은 도리 하디 마, 대꺄!"

무대붕의 등판에 환규의 거친 욕설이 터졌다.

"환규야……?"

무대붕은 어처구니없는 표정으로 고개를 돌렸다.

"넌 각하이기 던에… 나의 불알 틴구다. 네 말대로 너 혼다 살벌한 던댄터에 나가 따우고 있는 걸 그냥 보고만 잇뜨라구? 싫어. 안 해. 그런 덧 안 해, 이 대꺄!"

환규는 눈물을 그렁거리며 짧은 혀로 연신 욕지거리를 해댔다.

"띠발! 나쁜 대끼. 광한이만 틴구고 난 개밥의 도토리냐? 네가 광한이 때문에 그놈들한테 꼭 복두를 해야겟따면 틴구인 나더러도 함께 가다구 해야 마땅하단아……. 근데 나더러는 여기나 디키고 잇으라니… 임마, 나도 네 친구야. 네가 간다면 나도 갈 거라구, 이 대꺄!"

"……."

무대붕은 착잡한 표정이다. 비록 방주와 단주의 입장이긴 하지만,

어린 시절 함께 개천에서 홀랑 벗고 물장구 치고 가재 잡던 친구다. 자라면서 많은 추억을 함께 공유하고 있는 환규였던 까닭에 그의 마음도 불편할 것이라는 것은 미루어 짐작할 수 있었다.

"저… 저런 망할 놈이 가만 있으니까 각하가 가마니로 보이나? 아예 맘놓고 욕을 지껄이네? 환규, 너… 또다시 땅에 묻혀서 쥐한테 혼나 볼 테냐?"

무대붕은 짐짓 인상 쓰며 호통을 쳤다.

이번에는 가장 어린 단주인 대두개 상천만도 한마디를 했다.

"광한 학사님의 복수 때문이라면 저도 전쟁에 참여하겠습니다."

"뭐……?"

"광한 학사님은 저에게 친형과 같은 존재였습니다. 작년 봄, 채나가… 그러니까 지금의 제 아내가 갑자기 복통을 일으키며 당장에라도 숨이 넘어갈 것처럼 고통스러워했던 적이 있습니다. 그때 광한 형님이 우리 채나를 업고 허주운 의원이 있는 허약포까지 달려갔고, 시간도 늦었고 게다가 오늘은 자신의 생일이기 때문에 멀리서 온 자식과 사위들과 한 잔 중이기에 진료할 수 없다는 허 의원에게 '당장 살려내지 않으면 당신을 죽여 버리겠다'고 서슬 퍼렇게 호통을 치셨습니다."

"……."

"성격이 깐깐한 허 의원이었지만, 광한 형님의 말을 듣지 않을 수는 없었죠. 그 형님은 '의원에게 환자의 생명을 다루는 일보다 더 소중한 것이 어딨느냐? 만약 당신의 생각이 그 정도밖에 안 된다면 의원으로서 자격이 없다'며 정말 베어버릴 듯한 기세였죠."

"……."

"그 형님 덕분에 결국 우리 채나는 위험한 고비를 넘길 수 있었습니다. 그리고 상한 음식을 먹은 탓에 생긴 병이라고 허 의원이 얘기를 하자 아무거나 잘 먹는 식성 좋은 우리 채나에게 음식 조절을 하라며 자상하게 조언을 해주셨고 가끔씩 생선 요리와 같이 위에 부담이 없으면서 맛있는 그런 음식이 있으면 자신이 먹지 않고 갖다 주셨습니다."

상천만의 눈은 젖어들고 음성은 격해진다. 많은 사람들 앞에서 광한에 대한 자기 부부의 입장을 냉정하게 얘기하고 싶었지만 말이 이어질수록 가슴이 메었다.

"뿐만 아니라, 채나를 부모처럼 길러주신 맹 노파가 노망이 들어 아무 데서나 똥칠을 하는 바람에 사람들의 원성이 높아질 때도 그 형님은 오히려 노인을 공경해야 한다며 사람들을 설득하고, 게다가 노인들에게 잘하는 사람에게는 특별히 포상하겠다는 얘기까지 하셨던 그런 분이셨습니다."

"……."

"각하! 전 지금도 광한 형님의 죽음을 받아들일 수 없습니다. 모든 이들에게 존경받았던 그 형님이 왜! 무엇 때문에 그렇듯 허망하게 죽어야 한단 말입니까? 더욱이 온갖 누명에 가문은 초토화되고 자신은 야인까지 됐건만 그럼에도 나라를 위해 헌신했던 광한 형님이 왜… 아직도 이 나라를 위해 그 형님이 해야 할 일이 얼마나 많은데 어째서 벌써 형님을 데려갔는지 전 하늘을 용서할 수 없습니다."

더 이상 감정을 통제할 수 없는 듯 상천만의 눈에서 눈물이 흐른다. 모두가 처음으로 보는 그의 눈물이었다.

상천만.

지난날 무대붕이 술김에 잘못 보고를 듣고 그에게 호되게 야단을 쳤을 때도 그는 그 어떤 섭섭한 표정조차 나타내지 않았을 만큼 비록 나이는 어리지만 인내심이 깊은 청년이었다.

그리고 나이가 어리다는 이유로 사사건건 무시하는 동료 단주들의 언행에도 웬만하면 큰 얼굴로 씨익 한번 미소를 짓고 말 정도로 무던하면서도 묵직한 심성을 지닌 이었다.

그랬던 그가 눈물을 보인다. 그것도 많은 사람들이 보고 있는 앞에서…….

"이번에 그 형님의 사망 소식을 들었을 때 전 결심했습니다. 별로 내세울 것 없는 무공이지만 그 형님의 원수를 갚기 위해서라도 적들과 싸우겠노라고 말입니다. 각하, 가시겠다면 저도 데리고 가십쇼. 저도 싸우겠습니다!"

"뭐라고……?"

무대붕의 눈이 크게 떠졌다. 그리고 생각하니 괘씸했다.

자신과 상의도 없이 제멋대로 전쟁 참여 결심을 했다는 게 왠지 기분이 더러웠다.

"각하… 저도 데리고 가십쇼."

이번엔 아직도 얼어 터진 붓기가 가라앉지 않은 주부래가 입을 열었다.

"주부래, 당신은 또 뭔 소리를 하려고? 당신도 광한이에게 신세진 것이 있나?"

"제가 원래 머리에 많이 든 놈은 체질적으로 싫어하잖습니까? 때문에 광한이가 죽은 건 안타깝지만 상천만이처럼 애달플 이유는 없죠."

"그런데 왜 나서겠다는 거야?"

"각하가 가신다니 당연히 따라가야죠. 각하가 없으면 저는 있으나 마나한 신세잖습니까? 킥킥……."

자신의 말에 쑥스러운지 주부래는 머리를 긁적거렸다. 무대붕은 의아했다.

"주 단주, 당신은 내가 없는 게 오히려 좋잖아? 엉터리 해몽하다가 맞지 않아도 되고… 문란한 여자 문제 때문에 욕먹지 않아도 되고……."

"욕을 먹고 얻어 터져도 저에겐 각하뿐입니다. 만약 각하가 안 계시다면 이 젊은 친구들이 어디 절 인정이나 해주겠습니까? 매번 여자 문제에 금전 사고나 저지르는 무능한 인간을……."

주부래의 쭈글쭈글한 얼굴에 서글픔이 가득했다.

그의 말대로 젊은 단주들은 온갖 추잡한 사고만 일으키는 주부래를 모두 싫어했다. 기회만 생기면 돈을 몰래 슬쩍 착복했고, 그런 돈으로 온갖 여자들을 죄 후리고 돌아다니는 그런 그를 어느 누가 좋아하겠는가?

하여 젊은 단주들은 무대붕에게 그를 내치라고 수없이 건의를 했으나 무대붕은 차마 그를 내치지 못했다.

그깟 돈 좀 샌다고, 여자 문제가 문란하다고 아버지 대에서부터 충성을 다 바친 늙은 단주를 자신의 손으로 내친다는 건 무대붕의 성격상 수용하기가 곤란한 일이었기 때문이다.

그렇지만 그도 인간인지라 주부래가 사고를 저지르면 욕도 하고 소리를 지르기도 했다. 그러나 그것뿐이다. 더 이상 그 문제로 그를 곤경에 빠뜨리는 일은 하지 않았다.

그렇기에 주부래는 욕을 해도, 발광을 떨어도 무대붕이 좋았다.

그가 있어야만 젊은 단주들에게 무시당하는 처량한 신세로 전락하질 않는다.

워낙 성질이 더러운 탓에 같이 있으면 언제 또 주먹이 날아올지 모르지만, 그래도 그것이 무시당하는 것보다는 훨씬 좋을 것 같았기에 그는 무대붕을 따라가고 싶어하는 것이었다.

"각하께서 참여하신다면 저도 무조건 각하와 행동을 함께하겠습니다."

정통단주 신문팔도 비장한 표정으로 입을 열었다.

"뭐? 이젠 당신까지……?"

무대붕은 눈을 크게 떴다. 그만큼 신문팔의 동참 선언은 대단히 뜻밖이었다.

신문팔은 다른 단주들과는 달리 뿌리 깊은 개방인이 아닌 지방 향시 출신으로 사고를 저지르고 어떡하다 보니 개방까지 굴러 들어오게 된 인물이었다.

그런 이유로 개방 식구들에 대한 끈끈한 정이나 무대붕에 대한 충성심 역시 다른 사람들에 비해 순도와 함량이 낮은 편이었다.

그럼에도 불구하고 무대붕을 따라나서겠다고 한다. 무대붕뿐만 아니라 다른 단주들도 역시 다소 의외라는 표정들이었다.

"각하는 외지 출신인 저의 능력을 인정해 주셨고 정통단주라는 막강한 자리에 임명도 해주셨습니다."

"……."

"그리고 제가 한때 정통단에 입수된 정보를 갖고 몰래 딴 짓을 하다 걸렸을 때, 각하는 저를 두들겨 패시기만 했지 저의 직위를 박탈하지 않고 계속 맡기셨습니다."

딴 짓이란 정보를 개방인들이 아닌 다른 사람들에게 팔고 그에 상응하는 수수료를 몰래 받아 챙긴 행위다.

"그때 당신이 다신 안 그러겠다고 약속했잖아? 그러면 됐지, 자리는 왜 뺏나? 누가 한들 당신만큼 하려고……."

"그러나 그런 행동을 아무나 할 수 있는 건 아니죠. 아마도 각하만이 할 수 있을 겁니다."

그건 사실이었다.

무대붕은 한 번 사람을 그 자리에 임명하면 상대가 스스로 못하겠다고 백기를 들기 전까지는 절대 교체하는 일이 없었다.

누가 맡는다 한들 사고가 없을 것이며, 그럴 거라면 일 잘하는 숙련된 사람이 낫다는 게 그의 논리였다.

그리고 직위를 이용하여 뒤로 해먹을 일이 생기더라도, 자신의 귀에만 들어오지 않으면 괜찮다고 했다. 그 얘기는 곧 해먹으려면 독식하지 말고 주변 사람과 나눠먹으라는 뜻이었다.

제대로 분배를 하지 않으니 뒤탈이 나는 거고, 그러다 보니 결국 소문이 퍼져 자신의 귀에까지 들어온다는 것이다.

대신 자신의 귀에까지 들리면 그땐 무대붕의 가차없는 주먹 세례가 쏟아지는 건 두말할 필요가 없다. 의당 나쁜 짓을 했으니 한 만큼 맞아야 한다는 게 무대붕 식의 율법이었다.

사람을 한 번 믿으면 끝까지 믿어주는 무대붕.

지난 무림 맹주 투표 때 열 명의 개방 선거인단 중 단 한 표밖에 안 나왔다고 진위를 가리겠다고 펄쩍 뛰다가도 광한의 말 한마디에 그냥 웃어넘긴 무대붕.

기실 그가 독하게 알아내겠다고 마음먹으면 굳이 못 알아낼 것도 없는 상황이었거늘, 그는 그냥 넘기고 말았다. 물론 자신을 기만한 열 명의 선거인단 역시 그대로 유임시킨 채로……

신문팔은 언제부턴가 그런 무대붕이 한없이 좋았다.

자신보다 훨씬 어리고, 단순, 무식했기에 비록 체면상 말로는 표현하지 않았지만 마음속에는 존경심까지 품고 있었다.

외지 출신이라도 능력만 있으면 얼마든지 요직에 앉히는 무대붕의 그릇이 마음에 들었고, 일단 한 번 임명하면 무조건 신뢰를 보내는, 그래서 상대로 하여금 결국 충성심을 보이게 만드는 그의 용인술이 존경스러웠다.

그런 그를 혼자만 떠나보낼 수가 없었다. 무대붕이 없는 개방이라면 자신도 존재할 이유가 없기 때문에 전장이 위험한 곳이라는 것을 누구보다 잘 알면서도 신문팔은 그와 행동을 함께하고 싶었던 것이다.

신문팔의 참여가 기폭제가 된 것인가?

그때까지 하고 싶은 말이 많았어도 참기만 하던 다른 단주들이 일제히 자리에서 일어나며 입을 열기 시작한 것이다.

"이 단우장팔과 청무결단의 형제들은 살더라도 각하와 함께 살고, 죽더라도 각하와 함께 죽겠습니다."

"저희 비룡여걸단도 각하와 함께 뼈를 묻겠습니다."

"우리 황구용출단의 형제들은 물론 우리가 키우고 있는 황구(黃狗)도 함께 적도들과 싸우겠습니다."

"저희도 동참입니다……."

"무조건 각하와 끝까지 함께하겠습니다……."

연이어 터져 나오는 비장한 음성들.

무대붕은 더욱 가슴이 아팠다. 이들의 마음을 모르는 바는 아니지만, 자신도 이들과 함께하고 싶지만 그러기에는 전장이란 곳이 너무도 위험하다.

그곳에서는 자신이 이들의 생명을 지켜줄 수 없기 때문에 혼자만 떠나고 싶었던 것인데, 이들의 표정이 이토록 비장하니 너무도 혼란스러웠다.

　더욱이 이미 가옥과 환규로 인해 추락할 대로 추락한 권위다. 아무리 각하의 권한으로 소리를 친다 해도 어느 누구 하나 호락호락하게 말을 들어줄 것 같지가 않았다.

　'젠장! 가옥이와 환규 녀석 때문에……'

　애꿎은 가옥과 환규만 원망할 수밖에 없었다.

　"헤헤… 각하야, 뭐 해? 단두들이 모두 각하와 뜨들 함께하겠따고 하단아? 이럴 때 뭐라고 한마디쯤 해야 하는 거 아닐까? 돔 멋지고 폼나게……"

　"헤헤… 각하? 망할 놈, 감히 나의 용안에 먹칠을 해놓고도 웃음이 나와?"

　무대붕은 못마땅한 표정으로 인상을 긁었다.

　"미안해, 각하야. 날 두고 혼다만 가겠따니까 나도 모르게 뚜껑이 열렷나 봐… 헤헤……"

　환규는 히죽대며 머리를 긁적였다.

　무대붕은 좌중을 응시했다.

　그리고 찬찬히 한 사람 한 사람씩을 응시했다. 모두가 이미 모든 결심을 끝낸 단호한 표정들이었다.

　"좋다, 모두 전장에 참여한다."

　"와아아!"

　무대붕의 입에서 짧은 한마디가 터지는 순간 모두의 입에선 일제히 환호성이 터졌다. 그러나 무대붕의 말은 아직 끝난 것이 아니었다.

"대신… 약속할 것이 있다."

"야… 약독이라니?"

"너희들이 그렇게 진정으로 나를 생각한다면… 절대 죽어선 안 된다. 누구든 광한이 그 자식처럼 또 내 눈앞에서 죽는 놈이 생긴다면… 난 그놈을 평생 용서치 않을 것이다."

단호하면서도 비장한 음성이 토해지자, 단주들 역시 일제히 고개를 끄떡이며 신념에 찬 표정으로 대답했다.

"걱정 마십쇼. 우린 적도들을 물리친 후 각하와 함께 웃으며 이곳으로 돌아올 겁니다."

"하하… 주부래 단주님이 언제 제 손금을 보고는 구십까지 거뜬히 살 거라고 했습니다."

"제 귀를 보십쇼. 저도 명이 긴 놈입니다. 하하!"

자신과 행동을 함께하게 된 것에 대해 기뻐하는 그들의 모습에 무대붕은 이제 더 이상 불안한 마음을 지우기로 했다.

이젠 이들의 마음을 돌릴 수 없는 상황이 되었다.

'어차피 상황이 이렇게 되었다면 까짓거 적도들을 모두 물리치고 살아서 돌아오면 되는 것이다. 걱정할 것 없다구……'

문득 무대붕과 가옥의 눈이 허공에서 부딪쳤다.

"이제… 됐냐?"

무대붕은 희미하게 웃었다. 가옥은 고개를 저었다.

"아니."

"……?"

"당신 약속이 빠졌어."

"약속이라니?"

"당신이 했던 말처럼, 당신이 만약 내 눈앞에서 죽는다면… 난 당신을 용서치 않을 거야. 그러니 무슨 일이 생겨도 죽지 않겠다는 약속을 먼저 해줘."

"난… 안 죽어. 왠지 알아?"

무대붕은 미소를 지었다.

"너와 했던 약속을 지켜야 하니까……."

"……!"

순간 가옥의 눈은 또다시 눈물로 젖어들었다.

"고… 고마워……."

그와 동시에 주변에 수많은 사람이 지켜보고 있다는 사실도 잊은 채 무대붕의 품으로 뛰어들었다.

와락!

가옥은 한 마리 새처럼 그의 품에 안겨 흐느꼈다.

"엉엉… 고마워… 고마워……."

또다시 어린애처럼 그의 품에 안겨 오열하는 가옥을 무대붕은 격렬하게 끌어안았다.

"그래. 난 안 죽어, 절대……! 벽에 똥칠 할 때까지 악착같이 살 거니까 나중에 내 뒤치다꺼리나 잘해 주라구. 구박하지 말고……."

그들은…….

모든 단주들이 조용히 사라진 이후로도 계속 떨어질 줄 모르고 그렇게 끌어안고 있었다.

*   *   *

산서 전선의 금마국 군영.

어디서나 시간은 흐른다.

삶과 죽음이 교차하는 전선이라고 예외는 없었다.

어느덧 봄이 끝나고 뜨거운 유월의 햇살이 작렬하고 있었다.

지친 병사들은 병장기를 점검하거나 그늘을 찾아 오수를 취하는 등 다음 전투를 위해 나름대로 재충전을 하고 있었다.

그렇듯 평온한 군영에 갑작스럽게 큰소리가 터졌다.

음성은 장군 회의가 열리는 군막이었고, 그 소리의 주인공은 도로곤 대장군이었다.

"뭐야? 거기장군이 없단 말이냐?"

거기장군이란 바로 비무기다.

"예, 대장군님. 아침 일찍부터 거기장군님을 본 사람이 아무도 없다고 합니다."

팔자 눈썹의 이십대 부관은 죄송스런 얼굴로 대답했다.

"아니, 이 친구가 대체 어디로 간 거야? 오늘 오후에 분명 장군 회의를 한다고 사전에 얘기까지 해두었건만……."

도로곤의 표정이 자못 심각하다.

곧 전장에 나가서, 그것도 선두에서 병사들을 진두 지휘하기로 되어 있는 장수가 아무 얘기도 없이 사라졌다는 건 결코 간단히 넘길 문제가 아니기 때문이었다.

'크큭… 둘째 그 녀석이 결국 소리 소문 없이 탈영을 했구먼. 하긴 그렇게 겁 많은 놈더러 선봉장 역할을 하라고 했으니 도망칠 만도 하지.'

'자신의 이름을 후세의 사가들이 영웅으로 기록하게 하겠다더니…
내 참, 아무튼 터진 주둥아리로 잘도 지껄인다니까.'

결의형제인 마인귀와 갈포악은 콧방귀를 끼며 내심 빈정거렸다. 죽
는 날 함께 죽기로 했던 비무기와의 약속은 이미 깨어진 지 오래다.

애당초 정이 없었다면 미움도 없다.

지금 이들에게 남아 있는 건 비무기에 대한 괘씸함과 하필 이 땅 위
의 수많은 인간 중에서 그와 같이 졸렬한 인간과 의형제를 맺었던 자
신들의 안목에 대한 한심함뿐이었다.

"대장군, 혹시… 중원군들에게 유괴당한 게 아닐까요?"

호피에 호랑이처럼 용맹하고 날카로운 인상을 한 사십대 사내가 심
각한 표정으로 입을 열었다.

호안조두(虎顔鳥頭) 응삼(鷹三).

전위대장에 임명된 흑도 무림인 출신의 고수다.

변방에 해당하는 신강과 청해에선 어느 누구도 그가 시전하는 아비
규환파파도법(阿鼻叫喚爬破刀法)을 단 십 초로도 버티질 못했다. 그럼
에도 중원에 그의 이름이 그리 알려지지 않았던 것은 호랑이 얼굴의
새대가리라는 외호처럼 약간 떨어지는 지능으로 인해 자신의 무명(武
名)을 알리는 일에 신통치 못했기 때문이다.

"유괴? 지금 유괴라고 했나?"

"그런 거 있잖습니까? 어린애들을 납치하여 돈을 뜯어내듯이 중원
군들이 거기장군을 납치해 가서……."

"그래서? 뭘 어쩌겠다고?"

"거기장군을 살리고 싶으면 모두 혀를 깨물고 자결하라든가, 아니면
항복을 하라든가 요구할 수 있잖습니까?"

"끙……."

도로곤의 얼굴이 휴지처럼 구겨졌다. 그의 입에서 유괴라는 단어가 나오는 순간부터 별로 기대는 하지 않았지만, 어쨌든 이와 같은 환상적(?)인 답변은 상상한 것 이상이었다.

"이봐, 전위대장."

"말씀하십쇼, 대장군."

"당신 같으면 그 인간을 살리기 위해서 당신 혀를 깨물 수 있겠어?"

"아뇨."

"그런데 왜 그들이 거기장군을 납치하겠나? 납치해 봐야 아무짝에도 쓸모가 없는데. 그래, 안 그래?"

도로곤은 더 이상 참지 못하겠다는 듯 버럭 소리를 질렀다.

"아… 듣고 보니 납치는 아닌 것 같네요. 그럼 왜 없어진 거지?"

그는 고개를 갸웃거렸다.

어째서 패도적이며 가공할 무공을 지녔으면서도 변방을 벗어나지 못했는지 그 이유를 충분히 알 수 있을 것 같았다.

"대체 어디로 간 것일까요? 거기장군이 있어야만 오늘 작전 회의가 진행될 수 있는데……."

"거 참… 그 양반 이렇게 무책임한 사람은 아니었던 것 같은데……."

동료 장수들은 난감한 표정을 지었다.

결의형제인 마인귀와 갈포악이 탈영이라고 단정 짓고 있는 반면, 다른 장수들의 생각은 그렇지 않았던 모양이었다.

도로곤은 짜증스런 표정으로 성질을 부렸다.

"빌어먹을! 회의는 다음으로 미루고 거기장군부터 찾도록! 어서들

나가봐!"

만약 비무기가 돌아온다면 이번엔 결코 채찍질 정도로 끝날 것 같지 않은 기세였다.

*   *   *

수림이 울창한 산이다.

사사삭.

신속하게 수풀을 헤치는 사내의 발걸음이 바쁘다. 허리에는 멋진 도집이 채워져 있고, 손에는 역시 커다란 강궁(强弓)이 들려 있었다.

비무기였다.

그는 비지땀을 흘리며 산속을 헤매고 있다. 의형제들의 생각처럼 탈영을 하기 위해 도주하고 있는 것일까?

털썩!

"에휴, 힘들어."

비무기는 한숨을 내쉬며 바위 위에 주저앉았다.

"젠장. 분명 이 산에 곰이 많다는 얘기를 들었는데… 왜 코빼기도 안 보이는 거야?"

비무기는 팔 등으로 땀을 닦으며 구시렁댔다.

근데 곰이라니……?

"처남 그 자식이 곰 발바닥 요리라면 회를 치고 웅담이라면 사족을 못 쓴다. 어떤 일이 있어도 곰 한 마리는 잡아야 해. 그래서 그걸 미끼로 날 선봉대장에 임명한 계획을 반드시 바꾸도록 만들어야 해."

비무기의 얼굴은 자못 비장했다.

얘기인즉 이렇다.

겁 많은 그의 입장에서 선봉대장만큼은 어떡하든 피하고 싶었다. 그러나 자신은 선봉보단 후방 체질이라고 설명도 해보고, 하나뿐인 여동생이 생과부가 될 수 있다는 얘기도 해봤지만 도로곤의 생각엔 변함이 없었다.

요지부동인 도로곤을 움직일 수 없다면 살기 위한 나머지 방법은 탈영뿐인데 그것 또한 간단치가 않았다.

막사를 빠져나가 도망치는 것이야 어렵지 않겠지만, 그 다음이 문제이기 때문이다.

자신의 치밀하고 빈틈없는 계산에 의하면 이번 전쟁의 승자는 결국 금마국이다. 아무리 산서 전선에서 고전은 하고 있다지만, 가장 중요한 하남 전선이 뚫린 이상 조만간 황도 낙양이 넘어가는 것은 기정사실이었다.

그런 뻔한 그림이 눈앞에 그려지는 이런 상황에서 만약 장군의 신분으로 탈영을 한다면 어찌 되겠는가? 지금은 비록 전쟁 때문에 자신을 잡는 일을 소홀이 하겠지만, 이 땅이 금마국의 세상이 되면 아무리 꼭꼭 숨는다 해도 결국엔 잡히게 돼 있다.

그렇다면 탈영보단 다른 선택을 하고 싶었는데, 그것이 바로 곰이었다.

곰 발바닥 요리라면 환장을 하는 도로곤이다. 더욱이 이곳이 전선이다 보니 얼마나 그 요리가 먹고 싶을 텐가?

그런 상황에 자신이 곰을 잡아서 나타난다면… 그래서 도로곤으로 하여금 곰 발바닥 요리를 먹을 수 있게 해준다면…….

게다가 웅담까지 추가로 먹을 수 있게 해준다면 자신을 은인처럼 생각하지 않을까?

실례로 웬만한 청탁은 귓전으로도 듣지 않던 도로곤이 언젠가 웅담을 선물로 받고 팔촌 처조카를 대장군부의 주방장 보조로 일할 수 있도록 해준 적도 있는 만큼 비무기는 이번 곰 사냥에 자신의 운명을 걸게 된 것이었다.

곰 발바닥과 웅담이라는 뇌물을 통해 선봉대장인 자신을 후방으로 빼달라는 청탁을 하기 위해서…….

하여 동이 트기 전부터 이 산으로 달려왔거늘, 안타깝게도 곰은커녕 너구리 한 마리도 보질 못했다.

"쓰가발! 개똥도 약에 쓰려면 없다더니만, 정말 이놈의 곰 새끼들이 사람 열받게 만드네."

비무기가 인상을 찌푸리며 투덜거리는 순간, 그는 자신의 앞에 거대한 그림자가 드리워지는 모습을 보았다.

비무기는 기겁을 하며 고개를 돌렸다.

크워워웡~

족히 자신의 다섯 배는 될 정도로 거대한 흑곰이 바로 등 뒤에서 자신을 덮칠 듯한 기세로 발톱을 세우고 있던 것이다.

"허걱!"

비무기는 사색이 되었다. 신속히 화살을 겨냥하려고 했으나 워낙 긴장한 탓인지 화살이 활시위에 걸쳐지질 못하고 미끄러졌다.

크와아아앙!

흑곰이 세운 발톱과 함께 입을 쩍 벌리며 비무기를 덮쳤다.

"으아아아! 안 돼…….."

비무기는 어떠한 대비도 못한 채 양팔로 얼굴을 막았다.

어떡하든 죽을 자리를 피하기 위해 잔머리를 굴리던 비무기가 자신이 잡으려 했던 곰에 의해 최후를 맞이하는 순간이었다.

그런데…….

커어억!

스르릉… 쿠앙!

거대한 흑곰은 느닷없이 눈알을 까뒤집으며 맥없이 앞으로 꼬꾸라졌다. 앞으로 넘어졌기 때문에 자연스럽게 비무기를 덮치는 형상이 되었다.

"꺽! 끄억! 뭐… 뭐야……?"

비무기는 육중하고 거대한 흑곰 밑에 깔린 상태로 허우적거렸다.

"어… 이 자식이 죽었잖아?"

비무기는 깔린 상태로 눈을 하얗게 까뒤집고 얼굴을 바닥에 처박은 흑곰을 보며 의아한 표정을 지었다.

어떻게 된 일인지는 모르지만 자신이 죽지 않은 것은 천만다행이었으나 그렇다고 그대로 있을 수만은 없는 일이다. 계속 그렇게 깔려 있다가는 숨이 막혀 죽는 건 마찬가지였기 때문이다.

"끄응… 비, 비켜 이 곰 새꺄……."

비무기는 안간힘을 쓰며 겨우 흑곰에게서 빠져나왔다.

"에휴휴……."

온몸이 땀으로 젖었다.

하지만 천우신조로 죽을 고비를 넘기고, 거저 줍다시피 곰을 얻게 되니 하늘을 날아갈 듯한 기분이었다.

'큭큭… 내가 그동안 심하게 하늘을 원망했더니 이제야 하늘이 나한테 너무했다는 것을 인정한 모양이구먼.'

그렇게밖에는 해석할 수가 없는 상황이었다.

원래대로라면 자신은 지금쯤 곰의 먹이가 되어 있어야 정상이다. 하지만 상황은 예상과는 정반대로 바뀌었다.

하여 그는 없는 원인을 하늘의 뜻이라 규정 지었다.

곰이 알아서 죽어줬으니 이제 운반하는 일만 남은 셈이다.

단단해 보이는 나무를 하나 잘라 곰의 사지를 묶으려 했다.

그 순간,

"야! 이 성성이 같은 자식아. 지금 뭐 하는 짓거리냐?"

휘리릭!

날카로운 외침과 함께 한 여인이 바람처럼 날아와 그의 앞에 떨어졌다.

"……!"

자신의 앞에 바람처럼 나타난 여인을 보는 순간, 비무기의 눈은 휘둥그레졌다.

제57장

독화 예군영

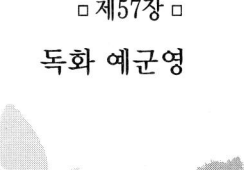

독화 예군영

―내가 이날까지 살아온 이유는 단 한 가지,
죽기 전에 꼭 갚아야만 할 복수가 남았기 때문이다

여인.

그녀의 나이는 대략 사십대 초반, 강호에선 결코 흔치 않은
피처럼 붉은 홍의 무복(武服) 차림이었는데…….

환영처럼 비무기의 망막으로 비쳐 든 그녀의 영상은 일찍이
그가 보아온 어느 절세가인에 비하여 조금도 뒤지지 않는 눈
부신 아름다움을 지니고 있었다.

긴 속눈썹과 커다란 눈망울, 곧고 미려하게 솟아오른 콧날
과 농밀한 애욕의 향기를 머금고 있는 듯한 입술…….

그리고 설옥(雪玉)을 다듬은 듯한 빙기(氷肌)하며 자극적인
관능과 완벽한 균형 속에 사뭇 애처로운 가냘픔을 느끼게 하
는 동체(動體).

꿀꺽~!

비무기는 넋이 나간 표정으로 자신도 모르게 침을 삼키고
말았다.

하지만 아름다운 외모와는 달리 그녀의 입은 거칠었다.

"임마, 뭘 그렇게 빤히 쳐다보냐?"

"……?"

"생긴 게 괜찮은 놈이라면 어찌 보든 상관없겠지만 성성이 같은 놈이 빤히 쳐다보니 마치 오물을 뒤집어쓴 것처럼 기분이 더럽잖아? 그러니 시선을 깔던지 돌리라구, 이 자식아."

앵두처럼 붉고 육감적인 입술 사이로 연신 욕이 쏟아져 나온다.

'뭐… 이딴 계집이 다 있지?'

비무기는 어이가 없었다. 하지만 아름답다는 이유로 이해하기로 했다.

'흐흐… 이곳은 은밀하고도 으슥한 숲 속이다. 전선에서 꽤 오랫동안 참은 성욕을 풀 수 있겠군.'

생각이 거기에까지 미치자 비무기는 침까지 흘리게 되었다.

"허허… 여인의 몸으로 이렇게 으슥한 곳까지 들어오다니… 무슨 이유 때문인지는 모르지만 어쨌거나 부인의 선택은 참으로 훌륭하였소이다."

"그게 뭔 개소리냐?"

"부인이 이곳을 왔으니 나와 같은 기남아를 만날 수 있는 게 아니겠소. 푸갈갈~!"

"만누 옆구리 터지는 소리하고 자빠졌네. 임마! 헛소리 말고 비켜."

그녀는 웃고 있는 비무기의 얼굴을 옆으로 밀치며 쓰러져 있는 흑곰에게로 갔다.

"아니? 이 계집이 좋게 대해주니까 계속 한없이 까부는구먼. 곰에게서 손 치우지 못해?"

비무기는 더 이상은 참을 수 없는지 버럭 성질을 부렸다.

아무리 좋은 표정으로 좋게 얘기를 해도 욕지거리를 해대니 일단 기분이 더러웠다. 뿐만 아니라 자신의 생명과도 직결되어 있는 곰까지 넘본다는 게 너무도 괘씸했다.

"손을 치우라고 했냐?"

여인은 싸늘한 표정으로 고개를 돌렸다.

"다른 건 다 양보해 줄 수 있지만 그 곰만은 안 된다. 그 곰은 따로 긴요히 사용될 곳이 있다."

"내가 잡은 곰을 내가 갖고 가겠다는 데 되고 안 되고가 어딨냐, 이 정신 나간 놈아?!"

"어허… 억지 부릴 걸 부려야지. 아무리 증명해 줄 사람이 없다고 택도 없는 그런 억지를 부리면 쓰나?"

"뭐야? 그러니까 네놈이 잡았다는 얘기냐?"

"암! 내가 오늘 그 녀석을 잡기 위해 새벽부터 이 산 전체를 샅샅이 뒤졌다."

"미친놈. 바지에 오줌까지 지린 주제에 뭐가 어쩌고 어째?"

"……?"

비무기는 뜨악한 표정을 지으며 황급히 밑을 보았다. 이미 바지가 축축하게 젖어 있었다.

'끄응~ 쓰가발. 어쩐지 사타구니가 축축하다 했더니만 곰이 덮칠 때 나도 모르게 오줌을 지렸군. 그것도 엄청나게……'

위풍당당하고 멋진 갑주를 입고 오줌이나 쌌다는 사실이 너무도 얼굴이 팔렸다. 더욱이 그것도 여자 앞에서……

하지만 그렇다고 절대 곰을 포기할 비무기가 아니었다. 일단 확인할 것부터 확인한 후 위기를 기회로 극복하고자 했다.

비록 오줌은 지렸지만 틈을 봐서 아름다운 여자를 취할 수 있는 그런 기회를……

"흠흠… 그러는 당신은 무슨 근거로 그 곰을 자신이 잡았다고 하는 것이냐?"

"임마, 여길 보라구."

그녀는 곰의 정수리를 손가락으로 가리켰다.

"……!"

비무기는 화들짝 놀랐다. 비황석(飛蝗石)이 곰의 백회혈에 정확하게 들어박혀져 있었던 것이다.

비황석이란 메뚜기와 곤충의 부리를 본뜬 암기의 일종이었다.

'세상에 이토록 정확히 흑곰의 백회혈에 암기를 날리다니……. 더욱이 비황석은 사천당문의 독문암기라고 하던데, 그렇다면 이 계집은 당문 출신이란 말인가?'

사천당문 출신이란 생각이 뇌리를 스치는 순간,

차앙!

비무기는 벼락같이 허리춤에 있는 회령검을 뽑아 들었다.

백 년 전 무림 오대고수 중의 하나인 회령대존의 애검이었던 회령검의 광휘가 심뜩하게 번쩍였다.

"계집! 어쩐지 싸가지가 없고 독해 보이는 게 수상쩍더라니만……. 이제 보니 당문 출신이었군."

느닷없이 검을 뽑아 들은 비무기의 눈에 살기가 스친다.

그가 이럴 수밖에 없는 이유는 사천당문은 산서 전선의 중원군을 지원 나온 무림 단체로 자신에게는 직접적인 적이었기 때문이다.

"얼씨구! 이 자식이 뒈질 걸 살려줬더니만 은혜도 모르고 이젠 검까지 뽑고 설치네?"

여인은 기가 막힌 표정으로 말을 이었다.

"뭐야? 그러니까 곰 앞에서 오줌이나 지르는 주제에 나랑 한 판 하자는 얘기냐?"

"계집, 참고로 얘기해 두겠는데 이 검은 백 년 전 무림 오대고수 중의 하나인 회령대존께서 쓰시던 검이다. 사천당문에 적을 둔 계집인만큼 회령대존을 모르지는 않겠지?"

"그래서?"

"내가 어째서 회령검을 갖고 있는지를 한번 생각해 봐라."

"그러니까 네놈이 회령대존의 전인(傳人)이라는 소리를 하고 싶은 거냐?"

"푸갈갈! 그렇지. 바로 그거다. 난 회령대존의 통천가공할 무공을 모두 계승한 절정고수이기 때문에 네가 아무리 당문 출신의 계집이라 해도 절대 내 상대가 될 수 없다."

비무기는 여인이 자신보다 고수일 것 같은 불길한 예감에 회령검을 내세우며 열심히 족보를 팔았다.

강호에서는 전대 기인들의 신물을 보고 상대의 경륜과 내력을 짐작하고 알아서 꼬리를 내리는 경우가 왕왕 있었다.

세인들은 회령대존의 손자인 파달중이란 인물이 도박 빚에 쩔쩔매다가 어쩔 수 없이 비무기에게 그 검을 강탈당했다는 것까진 차마 알길이 없었다.

때문에 무공 수준이 삼류인 비무기로선 늘 자신보다 강한 상대의 앞

에선 회령검을 내세워 자신이 마치 회령대존의 직계제자라도 되는 것
처럼 족보를 팔곤 했고, 그럴 때마다 재미를 톡톡히 봤다.

"그래서?"

여인은 굳은 표정으로 재차 반문했다.

'흐흐… 계집, 표정이 얼어붙었구먼. 하긴 회령대존의 전인이라는
데 아무리 싸가지가 없는 계집이라도 당연히 두려울 수밖에 없겠
지.'

비무기는 여인의 변화에 득의만면한 미소를 지었다.

"그래서? 원하는 게 뭐냐?"

"옷을 벗어라!"

"뭐?"

"나의 회령검은 여자라고 봐주질 않는다. 살고 싶으면 벗어. 어
서!"

비무기는 차갑게 소리쳤다.

자신의 요구에 따르지 않으면 당장 여인을 베겠다는 기세다. 아마
욕심 많은 비무기는 곰도 취하고 여인도 취하려는 생각을 먹은 모양이
었다.

"끄응! 이거 듣자 듣자 하니까 정말 뚜껑 열려서 더 이상은 못 들어
주겠군."

여인의 얼굴은 구겨졌다.

콱!

그리고는 비무기가 들고 있는 회령검을 미끈한 섬섬옥수로 움켜잡
았다.

"헉!"

비무기의 눈이 더 이상 부릅떠질 수 없을 정도로 크게 확대가 되었다.

좋은 검일수록 스치기만 해도 베일 만큼 날이 예리하다. 하물며 자신이 들고 있는 회령검은 강호에서도 소문이 난 명검이다.

일단 그런 명검의 날을 맨손으로 쥐고 있다는 것 자체만으로도 경악스러운 일이다. 그런데 더욱 가공하고 전율스러운 것은…….

"녹아랏!"

그녀의 외침과 함께 만년한철은 아니나 그에 못지않은 흑명철로 만들어진 회령검이 그녀의 손바닥 안에서 흐물흐물 녹아버리고 있다는 현실이었다.

"끄어어억~"

어찌나 경악을 했던지 비무기는 입을 쩍 벌린 채 말도 제대로 하질 못한 채 뒤로 화급히 물러났다.

'세… 세상에……. 마… 말도 안 돼. 내… 내공으로 흑명철로 만든 보검을 녹이다니…….'

그가 강호에 발을 디딘 이후 이와 같이 엄청난 무공은 처음 보았다. 아니, 있다는 소리조차 들어본 적이 없었다.

'내… 내가 미쳤지. 이렇듯 통천가공할 무공을 지닌 여인에게 옷을 벗으라고 하다니…….'

비무기는 자신의 입을 짓찧고 싶었으나 이미 깨진 쪽박이고, 엎어진 물이다. 어떡하든 이 위기를 다시 극복해야겠는데 마땅한 방법이 생각나질 않았다.

"얼씨구? 이런 썩을 놈. 또 쌌잖아?"

여인은 비무기의 바지가 또다시 축축하게 젖어드는 것을 보고 어이 없다는 표정을 지었다.

털썩!

비무기는 그녀의 앞에 무릎을 꿇었다.

또다시 오줌을 지렸다는 창피함 따윈 생각할 겨를이 없었다. 어떡하든 이 위기를 넘겨 목숨을 부지해야만 한다는 생각뿐이었다.

"크흐흑… 소생이 여협(女俠)님의 눈부신 미모에 정신을 잃었나 봅니다. 원래는 이렇지가 않았는데… 부디 너그러우신 마음으로 한 번만 통촉해 주시길……."

빛나는 투구에 멋진 장군복을 입고 있다는 사실과는 상관없이 비무기는 여인의 앞에 무릎 꿇고 닭똥 같은 눈물과 누런 콧물을 흘렸다.

여인은 자신의 무공에 비무기가 놀란 것은 이해할 수 있었으나, 이렇게 구차하고 처량하게 생명을 구걸하리라곤 전혀 예상치 못한 듯 멍한 얼굴이었다.

"너… 진짜 장군 맞냐……?"

"크흐흑… 어떤 답을 듣고 싶으신지요? 여협님께서 원하시는 대로 대답해 드리겠습니다."

"임마! 장군이 맞냐는데 그 무슨 뚱딴지야? 맞아, 틀려?"

"크흑… 맞다고 하면 살려주실 겁니까? 그래 주실 겁니까?"

비무기는 눈물을 흘리면서도 눈알을 굴리며 여인의 상태를 살폈다.

우직!

그러나 그토록 열심히 눈물 흘리는 일과 눈알을 굴리는 일을 동시에 했음에도 불구하고 비무기는 대답 대신 자신의 얼굴에서 터지는 육중한 타격 소리를 들어야 했다. 여인의 발이 정확하게 비무기의 콧잔등에 꽂혔던 것이다.

"꽤애액!"

콧잔등이 뭉개진 탓인가?

격렬하게 나가떨어지는 비명 소리는 인간의 것이라기보다는 멱 따는 돼지에 가까웠다.

하지만 안타깝게도 그것은 시작이었다.

"에라, 이 치졸한 자식아! 네가 진짜 불알 달린 사내새끼냐?"

여인은 비무기의 가슴 위로 올라타고는 전광석화와 같은 손놀림으로 비무기의 얼굴을 집중적으로 두들겨 팼다.

빠빠빠― 빡빠빡!

"꽥! 꽤액! 꽤애액!"

콧잔등이 뭉개지면 저런 소리를 내는 것인가? 아무리 들어도 정상적인 인간의 비명은 아니었다.

번개 같은 주먹 세례에 투구는 부서지고, 얼굴은 피로 떡이 되었다.

"격! 꽤애액!"

연신 비명을 지르는 비무기의 뇌리에 불현듯 떠오르는 것이 있었다.

'꺼억… 이 충격은… 언젠가… 무대붕 그 새끼에게 얻어맞았을 때… 느낀 그 느낌과… 거의 흡사하다……'

바로 그것이었다.

그때도 콧잔등이 깨졌고, 이렇게 밑에 깔려 신나게 얻어 터졌기 때문이다. 주먹이 작렬할 때마다 받는 느낌도 흡사하고…….

"이 자식아! 세상 그따위로 살려면 아예 죽어. 너같이 치사한 놈은 살 자격이 없어."

퍼퍼퍼퍼퍼퍼픽!

"꽥! 꽤애애액……."

그녀의 속사포처럼 연속적이면서도 화려한 주먹 세례는 비무기가 비상식적인 비명을 지르든, 무슨 잔머리를 굴리든 상관없이 계속 비무기의 얼굴 위에서 작렬하고 있었다.

'꾹… 때린 곳만 골라서 패는… 것도… 같고…….'

비무기는 무대붕에게 터질 때 죽음을 떠올렸던 것처럼 이 순간도 역시 맞다가 죽는 게 아닌가 하는 전율과 공포를 느껴야 했다.

'끄어어… 그만! 그만… 이년아! 제발… 그만 좀 하라구…….'

이렇게라도 비명을 지르고 싶었다.

하나 안타깝게도 그의 절규는 입 밖으로 나오질 못했다. 이미 그의 입은 그녀의 주먹에 의해 뭉개져 버렸기 때문이었다.

이윽고,

탁탁……!

여인은 손을 털고 일어났다. 실컷 팰 만큼 팼는지 기뻐해진 표정이었다.

"됐다. 소원대로 살려줄 테니 이젠 꺼져도 좋다."

"……."

그러나 비무기의 입에선 그 어떤 대답도 새어 나오질 않았다.

눈은 가늘게 뜨고 있고, 볼록 튀어나온 배가 위아래로 움직이는 것을 보면 아직 죽진 않았다. 하지만 어찌나 얻어 터졌는지 대답할 여력은 없는 모양이었다.

"이런 썩을! 이 자식아, 꺼지라는데 왜 안 꺼지는 거야? 그럼 진짜 죽어볼래?"

"헉! 아… 아닙니다……."

여인이 인상을 긁으며 버럭 성질을 부리자, 비무기는 번쩍 눈을 뜨고는 누워 있던 몸을 뒤집어 바닥을 기어나가기 시작했다.

그러나 기어가려는 그의 앞에 방해물이 있었다.

검은 무복을 한 여인의 다리였다.

'이런 씨… 뭐야, 이건 또……?'

비무기는 얼굴을 긁으며 방향을 그 다리를 피해 옆으로 기어나가려 했다.

콱!

그 여인의 손이 기어가는 비무기의 등판을 움켜잡는다.

"언니, 이 자식은 뭐예요?"

그녀는 걸레처럼 축 늘어진 비무기의 몸을 일으켜 세우며 여인에게 물었다.

"그냥 보내, 쥐새끼만도 못한 놈이다. 내가 팔십구 년을 살면서 그렇게 치졸한 놈은 처음일 정도라니까."

팔십구 년을 살면서……?

외모와 대사가 맞지 않는 부분이었지만 하여튼 중년 여인은 쓰러진 곰에게만 관심이 있는지 등도 돌아보지 않은 채 그렇게 대답했다.

"근데… 이 자식, 어디서 많이 본 듯한 느낌인데……?"

젊은 여인은 걸레처럼 늘어진 비무기를 보며 고개를 갸웃거렸다. 비무기 역시 자신을 바라보고 있는 젊은 여인의 얼굴이 상당히 낯이 익었다.

백합처럼 화사한 피부와 흑진주와 같은 검은 눈.

도톰하면서도 작고 붉은 입술.

눈이 부시도록 아름답지만 약간은 퇴폐적인 미를 발산하고 있는 젊은 여인.

헐렁한 검은 무복에 머리를 뒤로 묶은 것이 달라지긴 했지만, 보면 볼수록 그녀는 자신이 잘 아는 어느 여인의 얼굴과 너무도 똑같았다.

"서… 성망(설마)… 너… 닝(넌)……?"

입이 으깨진 탓인가?

발음은 비음이 심하게 섞여 엉망이었다.

그녀를 바라보는 비무기의 동공이 크게 확대된 것처럼 흑의 여인의 눈 또한 마찬가지였다.

비록 피로 얼굴이 뒤범벅이 되었지만, 비무기의 정체를 알아보는 데는 그리 오랜 시간이 걸리지 않았다.

"아… 아니? 두… 둘째 오빠……?"

"마… 망내야… 우리 망내 요수령(요수련)… 망지(맞지)……?"

요수련.

그렇다.

나타난 젊은 여인은 한때 개봉제일의 기녀이자 중사 사남매 중 막내였던 백화신자 요수련이었던 것이다.

"어… 어떻게… 네가……. 우링… 네가… 중엉능 중(죽었는 줄)… 앙 앙능데(알았는데)……."

비무기는 눈으로 확인하면서도 도무지 실감하지 못하는 표정이었다.

"무대붕… 그 망할 놈 때문에 암반에서 떨어지고 천애탄의 급류에 휘말렸었죠."

사랑이 미움이 되고, 결국 원수까지 돼버린 그 이름을 떠올리자 요수련의 눈에선 분노의 광망이 이글거렸다.

"그랬지… 그겅… 나도 앙아(알아)……."

"그때 급류에 정처없이 떠내려 가던 절 구해준 사람이 바로 저 언니예요. 저 언니가 아니었으면 전 이미 죽은 목숨이었을 거예요."

요수련은 씁쓸한 표정으로 중년 여인을 가리켰다.

"그래……? 그렁… 저 여자가 네 생명의 웅잉(은인)이라능 얘깅데……. 저 여자 정체가 뭐냐? 상상을 초월하는 엉청난 고수강응데……."

"호호… 오빠! 독화라는 이름은 들어보셨겠죠?"

요수련은 빙긋이 웃었다.

"동화? 오싱여 녕 정에 동공(毒功)으로 청하를 위징시켱던 사청당뭉의 동화 예궁영 망이냐?"

"예, 바로 저 언니가 독화 예군영예요."

"뭐… 뭐라구?"

비무기는 기겁하듯 크게 놀랐다.

자신이 머리 속에서나마 잠시 옷을 벗기고 음욕을 채울 상대로 생각했던 중년의 미부가 다름 아닌 독화라는 얘기에 어찌나 놀랐는지 하마터면 까무라칠 뻔했다.

"마… 말도 안 돼. 저 여자가 독화라니? 독화가 어떻게 아직껏 살아 있을 수가 있지? 설령 살아 있다고 해도 구십 살은 족히 먹었을 텐데 어떻게……?"

충격에도 급수가 있다더니만, 어찌나 충격의 강도가 컸던지 심하게 섞이던 비무기의 비음이 정상으로 돌아올 정도였다.

"서… 설마 미안공(美顔功)을……?"

요수련은 미소 지으며 고개를 끄떡였다.

미안공!

일명 늙지 않고 젊음을 유지하는 신공이다.

채양보음술(採陽補陰術)이나 채음보양술(採陰補陽術)처럼 방사를 통해 상대방의 원기를 흡수함으로써 자신의 공력을 증강시키며 자신의 젊음을 유지하는 사파의 마두들이 간혹 존재했다는 소문은 비무기 역시 들은 바가 있었다.

그러나 미안공으로서 젊음을 지키는 인물은 그저 전설 속에나 존재했던 고수인 줄로만 알았는데 독화 예군영이 그와 같은 전설의 미안공으로 여전히 젊고 아름다운 모습을 지니고 있을 줄을 어찌 생각인들 했겠는가?

요수련은 그 뒤로도 독화에 대한 얘기를 계속 이어서 설명했다. 그녀로 인해 생명의 은혜를 받은 것은 물론, 무대붕에게 복수를 위해 그녀로부터 암기술과 몇 가지 독공을 전수받았다는 얘기, 그리고 그녀와 자신은 비록 언니 동생이라 호칭하고 있지만, 실제로는 엄마와 자식 같은 사이라는 얘기까지 상세하게 설명해 주었다.

"그랬구나……."

비무기는 천천히 고개를 끄떡였다. 그러다가 문득 계속 곰 앞에 앉아 있는 독화의 모습이 시야에 들어왔다.

"그, 근데… 독화가 지금 뭐 하고 있는 거냐? 계속 참견도 안 하고 곰에 붙어서……?"

"웅담을 빼 먹고 있을 거예요. 그리고 곰 발바닥도 아마 추리고 있을 테고… 호호… 저 언니가 웅담이랑 곰 발바닥을 워낙 좋아하거든요."

"뭐?"

비무기는 울상이 되었다.

웅담과 곰 발바닥이 있어야만 자신을 선봉대에서 빼달라고 도로곤에게 청탁할 수 있다. 하지만 그걸 못 챙겨 돌아간다면 오히려 장군 회의도 빼먹고 군영을 제멋대로 이탈했다고 또 채찍으로 언어 터질 게 뻔했기 때문이다.

죽을 고비를 힘겹게 넘기고 나니 또다시 불투명한 생사에 대한 고민이 한없이 밀려드는 순간, 비무기의 뇌리에 벼락처럼 스치는 묘수가 떠올랐다.

그리고 그는 의미심장한 미소를 지며 입술을 열었다.

"막내야, 무대붕 그 자식한테 복수할 기회가 있다면… 당연히 해야 되겠지?"

비무기가 금마국의 군영으로 돌아간 시각은 저녁 무렵이었다.

그가 대장군의 막사로 들어서자 예상대로 도로곤은 무섭게 흥분을 했다.

"회의를 주관해야 할 거기장군이란 놈이 회의도 빼먹고 어딜 싸돌아다니다 이제 나타난 거냐! 너 같은 놈을 믿고 전쟁을 치를 수 있겠어? 대답해 봐. 대답해 보라구, 이 자식아!"

패액!

흥분과 함께 그의 손에 쥐어져 있던 채찍이 비무기를 향해 날아들었다.

그런데…….

콱!

비무기는 뜻밖으로 날아오는 채찍을 맞으려 하지 않고 당당하게 움켜잡았다.

"뭐야? 네가 지금 하극상이라도 벌이겠다는 게냐?"

"형님, 이날까지 책임감 하나로 오십 평생을 살아온 제가 장군 회의를 빼먹었을 땐 그만한 이유가 있을 거라고 왜 한 번쯤 생각을 안 해주십니까?"

비무기는 너무도 당당했다. 늘 잘못했다고 손이 발이 되도록 무릎 꿇고 싹싹 빌던 그런 모습이 아니었다.

"더욱이 난 다른 사람도 아니고 형님과 처남 매부지간인 아주 가까운 인척입니다. 그런데 어떻게 저의 얘기도 들어보기도 전에 채찍부터 휘두를 수 있는 겁니까? 정말 섭섭합니다."

"뭐가 어째……?"

평소와는 너무도 다른 비무기의 태도에 도로곤의 눈이 휘둥그레졌다.

"너… 혹시 술 처먹었냐?"

그의 상식으론 그렇게밖에 생각할 수가 없었다. 그가 아는 비무기는 절대 자신에게 이렇게 대들지 못한다. 분명 술에 취했거나, 아니면 실성했거나 둘 중 하나일 것이다.

"형님, 저는 전투의 선봉장으로서 어떡하면 이번 전쟁을 우리가 승리할 수 있을까 하는 생각으로 잠 한번 제대로 자지 못했던 그런 사람입니다. 형님도 아시잖습니까? 제가 불면증 때문에 계속 고생하고 있다는 것을……."

그건 도로곤도 인정할 수밖에 없는 일이다.

비무기는 진짜로 잠을 못 잔 나머지 매일 눈이 통통 부어 있었다. 물론 그 이유는 죽음에 대한 극심한 두려움 때문이었지만 어쨌든 비무기가 선봉장으로 임명된 이후 잠 한 번 제대로 자질 못했다는 건 모두가 알고 있는 사실이었다.

"그러면? 전쟁에 이길 수 있는 묘안이라도 찾아냈단 얘기냐?"

"푸갈갈갈… 그렇습니다."

비무기는 자신있는 얼굴로 크게 웃음을 터뜨렸다.

"어떤 묘안인가……?"

도로곤의 표정과 음성이 바뀌었다. 언제 비무기를 구박했냐는 듯 다정다감한 모습이었다.

일단 한차례 꺾인 산서 전선의 기세를 회복하고 싶은 마음이 그보다 더 간절한 사람이 어디 있겠는가? 비무기의 묘안에 기대하는 마음은 너무도 당연한 일이었다.

그 순간,

"와아아아!"

함성과 함께 말발굽 소리가 들려왔다.

"아니, 이게 무슨 소리지?"

도로곤의 얼굴은 순간적으로 혹시 중원군이 기습한 게 아닌가 하는 긴장에 사로잡혔다.

"하하… 형님, 벌써 시작했나 봅니다."

"시작이라니?"

"제가 기병들에게 비무를 지시했습니다. 형님과 여러 동료 장군들에게 보여 드릴 겸……."

"……?"

"자! 연무장으로 가시죠. 금세 끝날지도 모르니 서두르십쇼."

비무기는 말과 함께 군막을 빠져나왔다.

'저 녀석이 뭘 믿고 저렇게 큰 소리지?'

도로곤은 잠시 고개를 갸웃거렸다.

평상시와 너무도 다른 비무기의 행동에 신비감까지 느껴졌다.

"내 참… 정말 저렇게 당당하게 나오니 이거 더욱 궁금해 미치겠군."

너무도 궁금한 표정으로 도로곤은 즉시 비무기의 뒤를 따라나섰다.

연무장은 목책도 없이 그저 광활하게 펼쳐져 있는 넓은 공지였다.

또각… 또각…….

다섯 기마가 중앙에 홍의 무복의 중년 여인의 주위를 천천히 돌고 있었다.

여인은 독화 예군영이었다.

어느새 많은 사람들이 몰려와 달밤에 이루어지는 다섯 기마 대 한 여인이라는 상식 밖의 비무를 주의 깊게 구경하고 있었다.

"아니? 뭐야! 그러니까 저 여인이 병기도 없이 우리의 기병들을 꺾는다는 얘긴가?"

도로곤은 황당했다.

금마국의 세 손가락 안에 드는 고수에 해당되는 자신도 기병 다섯을 상대해서 이긴다고는 장담하지 못한다. 더욱이 병기도 없는 적수공권이라면 무조건 처참한 패배다.

근데 가녀린 중년 여인이 맨손으로 다섯 기마를 상대한다니…….

"이 친구야! 당장 집어치우라고 해라. 자네의 상식으로 저게 승부가 된다고 생각하나?"

"그렇죠. 당연히 안 되죠. 우리 기병들이 단 일각도 못 버티고 나가 떨어지게 될 테니까요."

비무기는 씨익 미소를 지었다.

"당치 않은 소리. 중원에 아무리 날고 뛰는 고수가 많다 해도 우리의 기병 다섯을 상대할 수 있는 인물은 광마불 정도 외에는 없다."

"하하… 그러니까 그냥 보시라는 겁니다. 결코 광마불 못지않은 그런 분이니까요."

"뭐?"

도로곤이 어이없는 표정을 짓는 순간,

"어서 시작하라!"

비무기는 장내를 향하여 크게 소리쳤다.

쾌두두두…….

독화의 주위를 돌던 다섯 기마가 전열을 정비하는가 싶더니 드디어 굉렬한 속도로 돌진하기 시작했다.

털썩!

독화 예군영.

그녀는 다섯 기마가 자신을 향해 맹렬한 기세로 동시에 달려들자 대비할 생각을 포기한 사람처럼 그 자리에 가부좌를 틀고 주저앉는다.

"아니… 주저앉으면 어쩌자는 거야?"

"말에 깔려 죽겠다고 작정이라도 한 거야, 뭐야?"

주의 깊은 눈으로 장내의 상황을 지켜보던 중인들의 얼굴이 일제히 황당해졌다.

"이봐! 저건 비무가 아니라 그냥 자길 죽여달라는 모습이잖아?"

도로곤은 어처구니없다는 듯 비무기를 향해 고개를 돌렸다.

"후후… 형님은 그냥 구경만 하시면 됩니다. 아무리 전투 경험이 많은 형님이라 할지라도 그동안 전혀 볼 수 없었던 초절정의 무공을 직접 목격하게 되실 테니까요."

비무기는 계속 득의만면한 표정을 지으며 대답했다.

콰두두두…….

점차 말발굽 소리가 커지기 시작했다.

그러나 가부좌를 틀고 앉아 있는 독화의 눈은 여전히 굳게 감겨져 있었고 표정은 여전히 무심했다.

…기문혈과 중완혈이 파괴되어 무려 오십 년 동안 제대로 무공을 펼칠 수 없는 폐인으로 살아야만 했다. 만년지극혈보나 공청석유와 같은 영물을 취할 수 있다면 곧바로 내공을 회복할 수 있었겠지만 그건 불가능했다. 하여 난 오십 년간 일주일에 곰 쓸개 하나씩을 복용한다면 파괴된 기문혈과 중완혈이 회복될 수 있을 거라는 어느 돌팔이 의원의 얘기만 믿고 그렇게 해왔다. 무려 오십 년 동안을!

두두두두!

다섯 기마 중 중앙의 기병이 먼저 튀어나오며 가부좌를 틀고 있는 독화를 향해 목창을 휘두르려 했다.

독화의 눈빛이 번뜩였다.

 …그의 말대로 언제부턴가 내공이 조금씩 모아지는 게 느껴졌다. 그리고 오십 년이 지났다. 이제 난 지난날의 내 모든 공력이 되돌아왔는지를 시험해 보고자 한다. 그래서 회복된 게 확인된다면 곧바로 그들을 응징할 것이며 내가 받은 고통을 모두 돌려주겠다. 반드시 그렇게 하고야 말 것이다.

 "타앗!"
 날카로운 기합성과 동시에 그녀의 하얀 쌍장이 쭉 펼쳐진 채 빙글빙글 회전하기 시작했다
 콰우우우웅!
 무섭게 회전하는 독화의 장심으로부터 가공할 경력의 회오리가 발출되며 폭풍처럼 사방을 휘말았다.
 "우와악!"
 달려들던 기마는 졸지에 중심을 잃고 허공에서 회전하더니 뒤로 정신없이 날아가 곤두박질을 쳤다.
 "헉……!"
 중인들은 믿을 수 없는 표정으로 헛바람을 삼키며 경악했다.
 놀람은 도로곤도 마찬가지였다. 하지만 그는 그녀의 무공을 좀 더 보고 싶은 욕심이 생겼다.
 "뭣들 하느냐? 계속 공격하라!"
 그는 너무도 엄청난 무공 앞에 넋을 잃은 나머지 사인의 기병들을 향해 크게 소리를 질렀다.

기병들은 자신들이 아무리 재주를 부려도 당해낼 것 같지 않은 두려움에 빠져 있었으나 지휘관의 명령을 거역할 수는 없었다.

콰두두두…….

그들은 다시 달려들기 시작했다. 하나가 빠져 버린 이상 시간차 공격이 아닌 동시 공격을 감행하기로 했다.

후우웅!

내공을 불어넣자 독화의 장심이 이번에는 푸른빛을 띠웠다.

"하아아앗!"

뾰족한 폭갈과 함께 허공에 호선을 그리는 그녀의 장심으로부터 가공할 푸른 광채가 폭출되었다.

번쩍!

콰콰콰콰콰—

망막을 찌르는 강렬한 빛.

그 빛은 폭풍처럼 정면으로 휘몰아치며 접촉하는 모든 것들을 날려 버렸다.

"으아악."

"우와아아악!"

거대한 네 기마가 거대한 태풍에 휘말리며 허공에 뜬 상태로 뒤로 나가떨어졌다.

쿵! 꽈당탕…….

"……."

구경하는 중인들은 입을 쩍 벌린 채 다물 줄을 몰랐다.

이들 역시 이날까지 전장에서 수많은 격전을 치러왔지만 이와 같은 엄청난 무공을 본 것은 처음이었다.

문득 누군가의 입에서 더듬거리는 소리가 터졌다.

"와… 와… 와선강기(渦旋罡氣)……!"

음성의 주인공은 바로 마인귀였다.

도로곤은 마인귀를 쳐다보았다.

"표기장군… 와선강기라 했나?"

"그… 그렇습니다. 암기와 독공으로 유명한 사천당문의 독문 무공으로서 오십 년 전 행방불명이 된 독화 예군영 이외에는 그 누구도 연마하지 못했다는 상승의 극한신공입니다."

마인귀는 강호 경륜이 넘칠 정도로 풍부한 칠순의 노마두답게 상세하게 설명을 했다.

"뭣이라? 사… 사천당문?"

도로곤의 송충이 같은 눈썹이 꿈틀거렸다.

사천당문은 산서 전선의 중원군을 지원 나온 무림문파로 이들에게는 곧 전장에서 싸워야 할 적이었기 때문이다.

"푸갈갈갈! 예, 형님 맞습니다. 저분은 사천당문 출신입니다."

비무기가 특유의 지저분한 웃음을 터뜨렸다.

"하지만 저분은 당문과는 아주 악감정을 갖고 있는 그런 분입니다."

"……?"

도로곤과 마인귀가 의아한 표정을 지었다.

"그러니 우리에게는 더없이 좋은 우군이자 구세주 같은 분이죠."

"대체… 저 여인이 누구냐? 내가 칠십이 되도록 독화 외에 와선강기를 사용하는 무림인이 또 있다는 얘기는 들어본 적이 없다."

마인귀가 도저히 궁금해서 못 참겠다는 듯, 비무기와는 두 번 다시 말을 섞지 않겠다고 결심했음에도 불구하고 물었다.

비무기는 득의만면한 미소를 지었다.

"바로 그분이십니다, 독화 예군영……."

독화는 우뚝 서서 허공을 응시했다.

…모든 준비는 이제 끝났다. 돌려주리라! 받은 만큼, 내가 당한 만큼!

*   *   *

"아… 안 돼!"

다급한 외침을 토하며 광마불은 벌떡 침상에서 일어났다.

"하아… 하아……."

가쁜 숨과 함께 그의 얼굴은 식은땀으로 가득했다.

"형님… 무슨 악몽이라도 꾸셨습니까?"

그의 외침에 함께 막사를 쓰고 있던 무천표가 잠에서 깬 듯 눈을 비비며 몸을 일으켰다.

"비… 빌어먹을. 또… 그 꿈이었군……."

광마불은 쓸쓸한 표정으로 뇌까렸다.

"형님, 무슨 꿈인데 그러십니까? 혹시 또 꿈에 우리 조카가 나타나서 비위를 뒤집어놓던가요?"

"……."

광마불은 여전히 무거운 표정이었다. 그답지 않은 표정에 무천표는 더욱 궁금해졌다.

"형님, 왜 그러시냐니까요?"

"백화주(百花酒), 아직 안 마셨냐?"

지난번 전투에서 혁혁한 전공을 세우고 과로(?)로 잠시 누워 있는 광마불에게 대장군 황보철명이 찾아와선 '어떻게 보답해야 좋을지 모르겠다' 고 할 때, 무천표가 '술 한잔했으면 소원이 없겠다' 고 대신 대답한 적이 있었다.

그때 황보철명이 보내준 일종의 특별 하사품과 같은 술이었다.

"왜요, 형님? 한잔하시려구요?"

무천표의 눈이 반짝였다.

"오냐, 갖고 와라. 아무래도 오늘은 좀 마셔야겠다."

"형님~ 그게 정말이십니까?"

무천표의 함지박만하게 커졌다.

쪼르륵!

잔 안에 술이 채워졌다.

벌컥!

무천표는 숨도 안 쉬고 술잔을 들이켰다.

독한 술기운이 위장을 기분 좋게 자극했다.

이게 대체 얼마 만에 맛보는 술인가?

어찌나 감격스러운지 눈물까지 핑 돌았다.

'카흐… 조오타! 형님, 전쟁에 참여한 후 처음 마시는 술입니다. 정말 행복합니다, 형님…….'

"왜 혼자 안 마셨지? 난 벌써 네가 다 마셨으리라고 생각했었는데……."

광마불은 다소 의외라는 표정으로 무천표를 응시했다.

황보철명은 너무도 고마운 나머지 특별히 선물한 백화주였으나 광마불은 그날의 전투가 생각 외로 힘들었던지 그리 술 마시고 싶은 생각이 나질 않았다.

하여 어서 마시자고 조르는 무천표에게 나중에 마시자고 했다. 물론 고양이에게 생선을 맡긴 거나 다름없다는 생각을 하면서.

"원, 형님도~ 제가 아무리 술에 환장을 했기로서니 형님을 두고 어찌 저 혼자 넙죽 마시겠습니까?"

무천표는 자신을 그렇게 생각했다는 게 섭섭하다는 얼굴이다.

"하긴… 자네의 매력은 바로 의리지. 내가 전쟁에 참여하겠다니까 군소리없이 따라나선 자네였으니까……."

광마불은 희미하게 미소 지으며 술잔을 들이켰다.

"근데 형님… 대체 뭔 꿈을 꾸셨습니까? 오늘은 어째 표정이 평소의 형님과 많이 달라 보입니다."

"……."

"형님, 그러지 마시고 말씀 좀 해보십쇼. 형님이 그러시니까 제가 답답하잖습니까?"

무천표가 대답을 재촉하자 광마불은 다시 술잔을 들이켰다. 그리고는 팔 등으로 입술을 훔치며 천천히 말을 꺼냈다.

"아무래도… 저승 갈 날이 멀지 않은 모양이야……."

"예?"

무천표는 눈을 크게 떴다. 그리고는 갑자기 코를 킁킁거리기 시작하자 광마불이 오히려 의아스럽다는 눈치다.

"뭐 하는 거야?"

"어? 이상하다. 냄새가 안 나는데요?"

"뭔 냄새?"

"형님의 괄약근이 또 열렸나 해서요."

'윽!'

"괄약근도 안 열렸는데 어째서 그런 소릴 하십니까? 듣는 아우 섭섭하게……."

"이 친구야. 그런 생리적인 현상 때문이 아니라 자꾸 꿈에 독화의 얼굴이 나타나니까 하는 얘기야."

"형수님이 꿈에 나타났다구요?"

광마불과 독화의 관계를 대충 알고 있는 무천표는 편하게 '형수님'이라고 호칭했다.

"그래, 그것도 요즘 계속……."

"그러면 좋은 일 아닙니까? 꿈에서라도 형수님의 모습을 볼 수 있다는 게 얼마나 좋습니까?"

"아우야, 생사조차 알 길이 없는 그녀가 자꾸 떠오른다는 게 내가 그만큼 약해졌다는 얘기가 아니면 뭐겠냐? 더욱이 광한이가 죽었다는 소식까지 접하고 보니… 저승사자가 정작 데려가야 할 이 늙은 퇴물 대신 그 녀석을 데려간 것 같아서 요즘은 기분이 더 더럽다고 했잖아."

광마불의 표정은 침울하고 어두웠다.

"망할 자식들. 데려가려면 나를 데려갈 것이지 왜 나라와 백성을 위해 아직도 할 일이 태산같이 많이 남아 있는 광한이를 데려간 거야? 그 자식들 눈이 어떻게 된 모양이야……."

전쟁 영웅 북궁월의 사망 소식은 산서 전선에도 전해졌다.

그로 인해 지난 전투에서 대승을 거뒀음에도 불구하고 이곳의 군기는 충만할 수가 없었다.

북궁월에 대한 장수와 군사들의 기대가 너무도 컸고, 그는 반드시 적도들을 물리칠 수 있을 것이라는 신앙과도 같은 믿음이 있었기 때문이다.

하물며 군사들의 마음이 그렇게 허탈할진데 그에 대한 애정이 각별했던 광마불의 심정이야 오죽하겠는가?

그는 아무래도 저승사자들이 눈이 삔 나머지 정작 데려가야 할 자신을 못 찾고 엉뚱하게 광한을 데려갔다며 매우 애석해했다.

"형님두 참… 별말씀을 다하십니다. 형님도 아직 하실 일이 많은 분입니다. 자꾸 그런 소리 하시면 마누라보다도 형님을 더 좋아하는 저는 또 뭐가 됩니까? 만약 또 그런 말씀 하시면 형님과의 인연이고 뭐고 다 끊고 그냥 돌아가 버릴 테니 알아서 하십쇼."

무천표는 버럭 성질을 내며 술을 마셨다.

비록 만난 시간은 얼마 되지 않았지만 그 누구보다도 인간적인 우정을 나눌 수 있었던 무천표다. 그의 마음을 헤아리지 못한 자신의 넋두리가 실언처럼 느껴졌다.

"알았다. 다신 그런 쓸데없는 소리를 내뱉지 않을 테니 인상 펴라."

"약속하시는 겁니다."

"오냐."

"키키… 좋습니다. 그런 의미에서 건배!"

광마불의 한마디에 무천표는 언제 자신이 성질을 부렸냐는 듯 술잔을 부딪쳤다.

"근데 참 형님……."

"왜?"

"형님께서 형수님과 서로 찐하게 사랑했다는 것은 대충 들어서 알고 있는데… 왜 헤어졌습니까? 이유가 뭡니까?"

무천표는 문득 그 사실이 궁금해졌다.

오십 년 가까운 세월 동안 잊지 못한 사랑이다. 그렇게 애틋하고 가슴 아픈 사랑이라면 그만한 이유가 있을 거라고 느껴졌다.

"그게… 궁금한가?"

"물론이죠. 형님의 가장 가슴 아픈 일인데 어찌 아우가 궁금하지 않겠습니까?"

"……."

"하지만 말씀하시기 곤란하면 굳이 하지 않으셔도 괜찮습니다. 형님을 불편하게 해드리고 싶은 생각은 추호도 없으니까요."

"이젠 아플 것도 없지. 오십 동안 수없이 반복했던 가슴앓이였으니까……."

광마불은 씁쓸한 표정으로 고개를 저었다. 그리고 천천히 입술을 열기 시작했다.

"헤어졌다기보다는… 그녀가 사라졌다고 하는 게 올바른 표현이겠지."

오십여 년 전,

당시 난 소림의 최연소 장로이자 불문 최고의 무도인으로서 같은 불가의 식구들인 사천성에 있는 아미파 여제자들을 위해 무술 지도를 잠시 해준 적이 있었다.

바로 그 시절에 그녀를 운명처럼 만났고, 첫눈에 상대에게 이끌린 우리 둘은 승려와 미망인이란 사실도 잊은 채 숙명적인 사랑을 하게 되었다.

난 그녀를 얻기 위해서 기꺼이 내 모든 것을 버렸다.

불가에 입문 당시부터 꿈을 꿔왔던 소림 장문인이나 무림맹주와 같은 명예 대신 타락한 땡초로 전락해도 상관이 없었다. 그만큼 그녀는 가치가 있었고, 그녀는 이미 나의 모든 것이 되어 있었다.

그것은 그녀에게도 마찬가지였다.

그녀 역시 나와 함께 살기 위해 오백 년 당문의 역사 이래 최초의 여인 문주가 될 수 있었던 상황이었음에도 불구하고 나를 택했다.

강호의 모든 영명을 버린 우린 산 좋고 물 좋은 곳에 둘만의 보금자리를 만들었다.

난 우리가 먹을 양식을 마련하기 위해 밭을 갈고 땔감을 구했으며 그녀는 나를 위해 옷과 음식을 장만했다.

정말 구십을 넘게 살아오면서 그렇게 행복했던 기억은 없었다.

겨울날 양식이 부족해도 배고픈 줄을 몰랐고, 아무리 뼛골 시린 혹한이라 할지라도 서로가 체온으로 상대의 냉기를 녹여줄 정도로 우린 함께 있다는 그 자체만으로 그저 감사할 따름이었다.

그 해 겨울의 어느 날,

난 땔감과 노루 두 마리를 장에 나가서 팔았다. 그 돈으로 그녀가 먹고 싶다는 신 과일을 샀고, 그녀에게 칠흑 같은 생머리에 어울릴 호접 모양의 노리개도 샀다.

그런데…….

돌아온 우리의 보금자리엔 그녀가 없었다. 그녀의 짐이 그대로 있는 것으로 보아 잠시 어딜 나간 것이려니 생각했는데…….

그녀는 영원히 돌아오질 않았다.

그 후 난 그녀를 찾기 위해 대륙을 샅샅이 뒤졌고, 그녀의 모습이 너무도 그리운 나머지 허구한 날 술에 취해 미친놈처럼 광란도 했다. 하여 지광 대사란 불호 대신 광마불이란 별로 달갑지 않은 이름도 그때 붙여졌지.

하지만 아무리 그리움에 몸부림을 쳐도 그녀는 보이지 않았고, 난 어쩌면 그녀가 다시 돌아올 수도 있을지 모른다는 기대에 그녀와 함께 살림을 꾸렸던 그곳으로 돌아갔다.

그리고 그곳에서 계속 그녀를 기다렸다.

"혀… 형님, 그렇다면 그 모옥에서 오십 년 동안 계속 형수님을 기다렸단 말씀입니까?"

무천표는 눈을 휘둥그렇게 떴다.

광마불은 대답 대신 씁쓸히 고개를 끄떡였다.

"대… 대단하십니다. 어떻게 오십 년씩을……?"

절로 감탄이 났다.

그러면서도 무천표는 문득 의구심이 생겼다.

"형님, 혹시 이럴 수도 있잖습니까?"

"뭐가?"

"물론 형님의 마음을 아프게 하는 얘기일 수는 있으나 형수님께서 형님이 싫어 떠나신 것이라면……."

"말 같지 않은 소리!"

광마불은 버럭 노성을 질렀다.

"그녀는 나를 떠나선 살 수가 없는 여인이야. 나에게 의지하길 원하

고, 나에게 순응하며 복종하는 것을 최상의 가치로 생각하던 그런 여인
이 어찌 내가 싫어 떠날 수 있단 말이냐!"

"복… 복종? 형님… 독화라는 이름으로 한때 강호를 쩌렁하게 했던
형수님이 복종하길 원했단 말입니까?"

광마불은 다시 한 번 고개를 끄떡였다.

동시에 언젠가 한 마리의 새처럼 자신의 가슴에 안겨 속삭이던 그녀
의 모습이 떠올랐다.

남들은 저더러 피도 눈물도 없는 무서운 여인이라고 하지만… 당신을 만나
고 나니 그동안 제가 너무도 미친 듯이 무공을 연마하고, 보다 높은 영명(榮
名)을 얻고자 치열하게 살아왔던 것이 그저 덧없이 느껴집니다.

이제 당신에게만 복종하고 싶어요.

복종하고 싶은 이에게 복종하는 것이 바로 저의 행복이니까요.

"그래… 그녀는 늘 그러기를 원했어. 나의 눈빛에, 나의 표정에, 나
의 음성에 순응하고… 복종하기를……."

아직도 어제 일처럼 기억이 생생한 그녀의 표정과 음성이 눈앞에 아
른거리자 광마불의 주름 진 노안에 이슬이 스쳤다.

독화 예군영.

세월이 오십 년이 흘렀어도, 그 이름은 여전히 광마불의 전부였던
것이다.

"쩝… 형님에게도 그런 아픔이 있었군요."

무천표의 표정도 착잡했다.

"자! 제 술 한 잔 받으시고, 형님의 모든 아픔을 이 아우에게 털어놓

으십쇼. 그래서 형님의 가슴이 시원해지실 수 있다면 이 아우는 모두 받아들이겠습니다.”

무천표가 공손히 술을 한 잔 따라주자 광마불은 희미하게 미소 지었다.

“천표……”

“말씀하십쇼, 형님.”

“나의 삶은 늘 오욕과 후회뿐이었다고 생각했는데……. 죽기 전에 너와 같은 아우를 만날 수 있었다는 게 아마 유일한 행운이 아닌가 싶다.”

“원, 형님도 별말씀을 다하십니다. 오히려 예전부터 존경했던 무림 최고의 대선배를 친형님처럼 모실 수 있게 된 것이 전 그저 영광스러울 따름입니다.”

무천표는 고개를 저으며 손사래를 쳤다.

그 순간, 밖에서부터 인기척이 들렸다.

“뉘쇼?”

무천표가 의아한 표정으로 입구를 쳐다보았다. 그러자 천천히 입구의 천막이 걷히며 한 명의 인물이 들어섰다.

건장한 체구에 굵직굵직한 이목구비.

유성처럼 차가운 듯하면서도 정결한 눈빛을 가진 오십대 중반의 중년인이었다.

“헉! 다… 당신은 사천당문의……?”

무천표는 의아한 표정으로 중년인을 응시했다.

나타난 사내.

그는 바로 사천당문의 문주인 독수무적(毒手無敵) 당진걸(唐進傑)이었다.

쿵!

당진걸은 비장한 표정을 짓고는 광마불을 향해 무릎을 꿇었다.

"……?"

광마불과 무천표의 눈이 휘둥그레졌다.

"이… 이보시게, 당 문주. 이게 무슨 짓인가? 일파의 문주가 아무 데서나 함부로 무릎을 꿇다니, 이걸 그대의 제자들이 본다면 어쩌려고 이러는가?"

광마불은 이해할 수 없다는 표정을 지으며 말을 이었다.

"무슨 일로 이러는지는 모르겠지만 어서 일어나시게."

"크흑… 우리 당문은 노선배님께 씻을 수 없는 큰 죄를 지었습니다."

당진걸은 일어나라는 광마불의 얘기에도 불구하고 계속 무릎을 꿇은 상태로 눈시울을 붉혔다.

"큰 죄라니? 그게 무슨 얘긴가……?"

광마불은 당혹스러워하며 자신도 모르게 자리에서 일어났다.

*   *   *

"이해할 수가 없어요. 원래 언니는 강호의 일에 무관심했잖아요? 근데 왜……? 우리 둘째 오라버니의 간청 때문인가요?"

"성성이같이 생긴 놈이 뭐가 예쁘다고 그런 놈이 사정을 한다고 이런 일에 끼어들겠느냐?"

"그럼 왜죠? 전 우리 둘째 오빠가 언니의 다리를 잡고 눈물, 콧물을 흘리며 애원하기에 허락하신 거라고 생각했는데……."

"내가 이날까지 살아온 이유는 단 한 가지, 죽기 전에 꼭 갚아야만
할 복수가 남았기 때문이다."

"복수……? 그렇다면 사천당문 때문에……?"

"그렇다. 이제 더 이상 미룰 것 없이 해결하고 싶을 뿐이다. 지긋지
긋한 그 악연을……."

*　　　　*　　　　*

당진걸의 얘기가 끝나는 순간,

휘청……

광마불의 신형은 크게 휘청거렸다.

"허… 형님."

무천표가 다급히 그의 몸을 부축하였다.

"그… 그럴 수가……!"

광마불의 입에서 탄식이 흘러나왔다.

"어떻게 인간의 탈을 쓰고… 그런 짓을……."

"크흑… 당시 전 너무도 어렸고, 가문을 이끌고 있었던 저의 선친께
서 그와 같은 만행을 저질렀다고 하는 얘기를 들었습니다."

"……."

"아무리 가문의 명예를 지키기 위함이었다고는 하지만, 그것은 옳지
않은 행위였다고 생각하였습니다. 두 분이 우리 당문에 위해를 가한
것도 아닌데 단지 명예 때문에 그와 같은 일을 저질렀다는 것을 이해
할 수도, 용납할 수도 없었습니다."

당진걸은 침통한 표정으로 계속 말을 이어나갔다. 가주로서 가문의 비행을 털어놓는 심정은 너무도 참담하기만 했다.

"너무도 치욕스럽기에 영원히 우리 가문의 일로만 묻어두고 싶었는데… 막상 노선배님이 다시 강호에 나타나시고, 바람 앞에 흔들리는 조국과 백성을 위해 몸을 던지시는 모습을 보니… 차마 더 이상 가슴에 묻어둘 수가 없더군요."

"……"

"하여… 이렇게 선배님의 앞에서 용서를 구하고자 나타났습니다. 선배님… 우리 당문을, 그리고 너무도 이기적이었던 저의 선친과 조상들을 용서하여 주시옵소서."

주르륵…….

당진걸의 눈에서 뜨거운 참회의 눈물이 하염없이 흘러내린다.

"……"

그러나 광마불은 당진걸을 바라보지도 않았고, 그의 입에선 그 어떤 말도 흘러나오지 않았다.

그저 침상에 걸터앉은 상태로 자신의 머리칼을 쥐어 뜯으며 상처받은 짐승과 같은 신음 소리만 토하고 있을 뿐이었다.

"끄으으… 그랬었군… 그랬었어……"

오십 년 전의 비사.

독화가 어째서 아무런 얘기도 없이 사신을 떠났는지, 그녀가 어떤 봉변을 당했는지 이제야 그는 알게 되었고…….

그녀가 당했던 고통을 생각하니 더욱 견디기가 힘들었다.

독화 예군영.

광마불에게는 단 하나뿐인 여인이었고,

지금도 그의 마음을 온통 지배하고 있는 단 하나뿐인 사랑이었기에…….

　무림 최고의 기인인 그도 이 순간만큼은 걷잡을 수 없이 무너지고 있었다.

□ 제58장 □

쓰러지는 군웅(群雄)들…

쓰러지는 군웅(群雄)들…

—피… 피… 그리고 또 피……

"고맙네, 대붕이."

영중제는 감격스런 표정으로 무대붕의 손을 덥썩 잡았다.

북궁월이 죽은 후, 그가 믿고 의지할 수 있는 인물은 무대붕 뿐이었다.

바람처럼 나타나서는 그 누구도 할 수 없었던 공손 승상 일당을 모두 뇌옥에 처넣었던 사내, 더욱이 지난날 전선의 북궁월까지도 적극 천거했던 바로 무대붕이 스스로 나타나 전쟁에 참여하겠노라고 선언을 하니 이 어찌 감격이 아니겠는가?

"자네라면 능히 금마국의 도발을 막아낼 수 있을 걸세. 난 무조건 자네를 믿네."

"……."

영중제의 들뜬 표정과는 달리 무대붕의 얼굴은 어둡고 무거웠다. 이 황궁에서 일어난 일들을 생각하면 그는 늘 마음이 착잡할 수밖에 없었다.

처음으로 사랑을 느꼈던 곳도 이곳이었고, 절망을 느끼게 만들었던 곳도 바로 이곳이었다.

그리고 무엇보다도 이곳에 있으면 너무도 불행한 한 쌍의 남녀에 대한 연민에 가슴이 메어졌고, 견딜 수 없는 통증을 느꼈다.

"북궁월이 맡았던 그 보직을 임명하려고 하는데… 괜찮겠나?"

"상관없습니다."

"고맙네, 정말……."

영중제는 몇 번이고 '고맙다'는 말을 반복했다. 또한 한번 잡은 그 손을 놓지도 않았다.

그에게 있어 무대붕의 출현은 마치 긴 가뭄 끝에 단비와도 같은 대단한 낭보였다.

백향전.

영중제를 만나고 밖으로 나선 무대붕은 공주의 처소 앞에 발걸음을 멈췄다.

"……."

무대붕은 잠시 닫혀져 있는 창을 보았다.

저 안에 공주가 있을 것이며, 그녀는 자신의 생명보다 소중한 정인을 잃은 슬픔에 여전히 절망하고 있을 것이다.

그리고 광한이 죽는 날 태어났다는 아기는 아비의 죽음도 모른 채 밝게 웃고 있을 테고…….

생각이 거기에 미치자 광한이 남긴 유일한 혈육을 잠시 보고 싶어한 그의 마음은 무겁게 닫혀지고 말았다.

견디기 힘들 만큼 너무도 아플 것 같기에, 그는 전선으로 떠나기 전에 광한이 남긴 사람들을 만나고 싶었던 마음을 접고 발걸음을 돌렸다.

"……!"

순간, 무대붕은 보았다.

아기를 안고 자신을 바라보고 있는 벽하의 모습을.

"황궁에 오셨다는 소식을 듣고 기다리고 있었어요. 돌아가시기 전에 이곳에 한 번쯤 들러주시리라는 기대를 갖고서……."

"……."

"지난번엔 경황이 없어 인사도 못 드렸어요. 자신의 목숨을 던져 가면서까지 적도들에게 둘러싸여 고립무원(孤立無援)이었던 월랑을 구출하셨고, 그가 편히 떠날 수 있도록 곁에서 지켜주셨으며, 그의 시신이나마 대할 수 있도록 해주신 모든 것들에 대해 어떻게 감사의 말씀을 드려야 할지 모르겠군요."

아기를 생각해서라도 이제 더 이상 눈물 따윈 흘리지 않겠다고 굳게 마음을 먹었다.

하지만 또다시 그녀의 눈은 흐릿해지기 시작했다.

"잠시 안아봐도 되겠소?"

무대붕은 미소를 지었다.

"예……."

벽하는 고개를 끄떡이며 아기를 무대붕에게 건네주었다.

백옥 같은 피부에 한성처럼 빛나는 눈망울… 정말이지 벽하와 광한을 골고루 닮은 귀엽고 깜찍한 아기였다.

"까르르……."

아기가 웃는다.

무엇이 그리도 좋은지 무대붕을 보며 연신 방글방글 웃고 있었다.

광한아!

보고 있냐? 바로 너의 아기다.

이렇게 눈에 넣어도 아프지 않을 예쁜 아기가 태어났거늘 어찌 그리도 허망하게 죽을 수 있단 말이냐…….

어떻게…….

이 무책임한 자식아……!

"아기의 이름은……?"

무대붕은 묻는다.

"화(花)라고 지었어요."

"화……?"

"예. 이 아이만큼은 제가 키우는 정원의 꽃처럼 떨어지지 않고 영원히 함께하기를 바라는 마음에서 그렇게 지었어요. 아빠와는 달리 영원히 제 곁에 있어주길 바라며……."

또르륵…….

은방울과 같은 눈물이 그녀의 뺨을 타고 떨어졌다.

아기를 위해서라도 이제 더 이상 약한 모습은 보이지 않겠다고 결심했지만, 무대붕의 앞에서는 이유도 없이 자꾸 눈물이 흘렀다.

그녀와 정인이 재결합을 할 수 있도록 만들어준 사내.

정인을 구하기 위해 사지에 뛰어들고, 마지막까지 자신의 정인과 함께했던 사내.

그리고 정인의 시신을 자신에게 보내준 사내…….

무대붕을 대하고 있노라니 정인의 모습도 따라서 떠올랐고, 그래서 도저히 눈물을 참을 수가 없었다.

그녀의 모습에 무대붕도 마치 모래알에 심장을 굴리듯 싸한 통증을 느꼈다.

하지만 그는 쓰라린 내심과는 달리 인상을 붉히며 버럭 소리를 질렀다.

"이봐요, 공주! 당신은 이제 아무 때나 눈물이나 찔끔찔끔 짜도 괜찮을 입장이 아니요. 굳세게 마음 다져 먹지 않고서야 무슨 재주로 아기를 키울 수 있겠소?"

"……?"

"이젠 아무 데서나 훌쩍거리지 말고 독한 마음으로 아기를 키우쇼. 다시 말하지만 당신은 이제 혼자가 아니라 아기의 미래를 책임져야 할 엄마란 말이요. 아시겠소!"

무대붕은 성질을 부리며 아기를 벽하에게 건네주었다. 그리고 화가 난 사람처럼 휙! 하고 등을 돌렸다.

하지만… 소리치던 음성과는 달리 그의 눈엔 자욱한 이슬이 고여 있었다.

'힘들겠지만 마음 독하게 먹고 굳세게 사십쇼. 당신의 남은 삶과 아기를 위해서라도, 그리고 저승에서 보고 있을 멍청한 그 자식을 위해서라도 절대 약해지지 말고 열심히 사셔야 합니다. 꼭…….'

참담한 마음으로 발걸음을 옮기려는 순간, 그는 자신을 향해 급히 뛰어오는 담일기를 보았다.

"여기 계셨구려. 그렇지 않아도 찾고 있었는데…….."

"무슨 일입니까?"

"큰일 났소이다. 지금 하남기지를 점령하고 있는 적도들이 획가현(獲

駕縣)에 있는 우리 아군 기지를 향해 무서운 속도로 남하하고 있고, 그동안 정세를 살피며 자제하던 산동 전선의 적도들이 일제히 도발을 시작하였소!"

쿵!

무대봉의 얼굴이 딱딱하게 굳었다.

드디어 짧은 휴전이 끝나고 또다시 전쟁이 시작된 것이다.

그것도 두 곳의 전선에서 동시에…….

*　　　　*　　　　*

산동 전선.

엄밀히 말하자면 하남성 봉구현(封丘縣)의 광활한 분지를 사이에 두고 대치하고 있는 중원군과 금마국 사이에 형성되어 있는 전선.

봉구현은 지리적으로 개방의 총단이 있는 개봉성의 지척에 위치한 곳으로 이곳이 뚫리면 연이어 하남성 내에서 황도인 낙양 다음의 거성(巨城)인 개봉성까지 무너질 수밖에 없는 지형적으로 상당히 중요한 거점이었다.

산동 전선의 금마국 최고 지휘관인 오록호리는 그동안 수많은 격전을 치러온 노장군답게 한 달 반 동안 오랜 행군으로 피곤한 병사와 말들을 꼼꼼하게 재정비하며 상대편 병력에 대해 세심히 분석을 했다.

그 역시 지휘관인 이상 눈앞의 중원군을 꺾고 자신의 부대를 가장 먼저 황도 낙양에 입성시키고 싶은 마음이 어찌 없었겠냐마는, 하남 전선의 타미루와 산서 전선의 도로곤과 같이 어설프게 공격을 했다가 오히려 당하는 우를 범하고 싶지 않았기에 그는 경솔하게 병력을 일으키지 않았던 것이다.

콰두두두두…….

자욱한 먼지 속으로 개미 떼처럼 까맣게 몰려드는 철갑 기마대가 맹렬한 기세로 몰려들었다.

"놈들이 몰려온다! 모두 대열을 갖춰 적도들을 응징하라."

산동 전선 중원군 총지휘관인 주윤창 대장군이 하늘이 떠나갈 듯한 고함을 질렀다.

바야흐로 조용하던 봉구현의 광활한 분지 위에서도 격렬한 전쟁이 벌어지기 시작한 것이다.

두두두두!

"으아악!"

차차창!

"크아악!"

이십여 기의 철갑 기마대가 그들의 진군을 막아선 중원의 보병들을 거침없이 치고 들어왔다.

기갑대장군인 오록호리가 지휘하고 있는 오천의 철갑기마병은 기마술과 무공, 그리고 조직적인 면에서 금마국 기병들 중 단연 으뜸이었다.

연경에 금마국을 세우기 전까지만 해도 오환족으로 불리던 그들이 수십 년간 변방의 작은 소국들을 모두 물리치고, 중원 제이의 거성까지 집어삼킬 수 있도록 절대적 공헌을 한 병력은 바로 오록호리가 이끄는 철갑 기마대였다.

어느 전투에서든 가장 선봉에 서서 적진을 뒤흔들었고, 가차없이 짓밟아 버렸던 그들이, 노려한 금마국 최고의 명장인 오록호리를 앞세우고 드디어 산동 전선을 무섭게 휘젓고 있었다.

그러나 산동 전선엔 관군만 있는 것이 아니었다.

무당과 화산을 비롯한 무림 거대명파들이 이미 관군을 지원하기 위해 대기 중이었다.

"타아앗—!"

선두에서 질주하고 있는 철갑 기마대들을 향해 화산의 제자들이 몸을 날렸다.

콰두두두…….

차차창!

마상의 기마병들이 질주하며 휘두르는 장창과 화산 제자들의 검들이 부딪치며 불꽃을 튀긴다.

철갑 기마대의 대원들이 아무리 강한 무공을 익혔을지라도 마상이 아닌 땅 위에서의 승부라면 결코 화산의 제자들을 감당할 수가 없겠지만 이곳은 전장이다.

그리고 그들은 말을 타고 있고, 빠르게 움직이고 있는 마상에서 장창으로 화산의 제자들을 맞상대했다.

전쟁터에서 검은 결코 장병 죽에 들지 못한다. 봉에 칼을 묶은 언월도나 장창에 비해 훨씬 효용성이 떨어진다.

하나 화산은 전통적인 검술 문파였고, 따라서 제자들의 무기는 검일 수밖에 없었다.

그런 탓일까?

카카칵!

"으악!"

처음엔 팽팽하게 균형을 유지하던 형세는 시간이 흐름에 따라 화산의 제자들이 밀리게 되었다.

철갑 기마대는 이런 빠른 속도의 싸움엔 너무도 익숙한 듯 기운차게 지면을 박차고 계속 전진했다.

쾌두두두…….

그들의 전진을 막기 위해 덤벼들었던 화산의 젊은 제자들을 옆으로 물리치며 계속 역동적으로 질주하고 있는 철갑기마 대원들.

화산의 장로인 화산신룡 매설환의 눈에서 불꽃이 튀었다.

화산파의 후배들이, 자신에게 무술을 배운 제자들이 단말마의 비명을 지르며 나가떨어지는 모습을 그는 결코 용납할 수가 없었다.

"하아아앗!"

그는 크고 긴 기합성을 토하며 선두로 돌진하는 철갑기마병들을 짓쳐 들었다.

파파파팍!

섬뜩한 예기가 공간을 가르는 것과 동시에,

"크아아악!"

순식간에 두 기의 철갑기마병이 마상에서 떨어졌다.

그러나 금마국의 기병들은, 특히 오록호리가 이끄는 오천 철갑 기마대의 위세는 너무도 가공하고 위맹했다.

그들은 그 정도의 저항쯤은 계산이라도 하고 있었다는 듯, 더욱 무섭게 몰려들었다.

쾌두두두…….

너무도 조직적이며 일사불란하게 자신의 주위로 십여 명의 철갑기병들이 에워싸자 매설환은 극도로 당황할 수밖에 없었다.

"우와아아! 여기도 있다."

무당파의 제자들이 매설환을 지원하기 위해 급히 달려들었다.

파파팍!

차차창!

"으악!"

"으아아악!"

피가 튀고 살이 튄다.

그리고 수십여 개의 목이 피분수를 뿌리며 바닥에 굴러 떨어졌고 기마들도 피에 젖은 땅 위로 나뒹굴었다.

콰두두두…….

기마들은 여전히 쓰러진 말들의 위로, 그리고 바닥을 구르는 주인 잃은 수많은 목들을 밟고 질주했고, 중원의 무사들은 그들의 진출을 막기 위해 몸을 내던지고 있는 곳, 이곳은 바로 산동의 전쟁터였다.

*   *   *

두두두두!

"우와아아아아아…….."

지축을 울리며 달려오는 말 발굽 소리. 우레와 같은 함성.

차차차창!

"죽어랏!"

"크아아악!"

병장기 소리, 폐부를 쥐어 짜는 듯한 단말마의 비명…….

모든 것이 하나의 거대한 소음을 만들고 있는 이곳은 획가현에 위치한 하남 전선의 중원군 제이의 방어진이다.

물살이 갈라지듯 중원의 병사들이 쓰러지고 있다.

쾌두두두…….

기세를 탄 금마국의 기마들은 거침없이 중원의 병사들을 짓밟으며 쇄도한다.

서문탁 대장군의 눈 안에 흉맹하게 병장기를 휘두르는 적의 기마병의 모습이 크게 확대되었다. 그들의 모습만 시야에 들어왔다.

'빌어먹을…….'

식은땀이 등을 적셨다.

'이렇게까지 일방적으로 무너지고 있는데 아직도 지원군 소식은 없다니! 그럼 이젠 제이의 방어진까지 놈들에게 내주어야 한단 말인가?'

서문탁은 입술을 질끈 깨물며 검을 굳게 움켜쥐었다.

올 생각조차 하지 않는 지원군에 대한 미련은 버리고, 쓰러져 가는 병사들과 함께 이곳에서 뼈를 묻기로 각오한 듯 서문탁은 적의 기병들을 향해 용맹하게 달려나갔다.

"하아앗!"

우렁찬 기합하고 함께 그의 묵검이 검은 빛을 폭사했다.

쾌직!

전열의 기마병들이 무너지며 달려오던 기마들이 뒤엉킨다.

열여덟 살에 초급 장교로 임명된 직후부터 이날까지 크고 작은 전장에 참여하여 혁혁한 전공(戰功)을 올렸으며, 뇌정십이절(雷霆十二節)은 무림 제일의 검문(劍門)인 남궁세가의 남궁일도조차도 감탄을 금치 못할 정도로 패도적인 검법으로 한때 장군부의 최강자로 불리던 좌룡과의 비무에서 무승부를 이룰 만큼 절정의 무공을 지니고 있는 서문탁이었다.

카카칵!

그의 검날이 검푸른 화광(火光)을 뿜자 두 기의 기마가 쓰러졌다.

"앗! 저기 적장(敵將)이 있다."

콰두두두…….

금마국의 기병들은 서문탁을 보자 오히려 반갑다는 표정으로 일제히 몰려들기 시작했다.

상대의 적장을 벨 수 있다면 그보다 더 큰 무훈(武勳)이 또 어디 있겠는가! 그들은 서문탁을 보자 아귀처럼 달려들었다.

카칵칵!

이히히힝!

서문탁의 묵검은 쉬임없이 불을 뿜었다. 그때마다 상대의 기마들은 곤두박질을 쳤다.

후욱… 후욱…….

서문탁은 굵은 땀방울과 함께 거친 숨을 몰아쉬었다.

아무리 그의 무위가 뛰어나도 병력의 차이를 극복한다는 것은 불가능했다.

시간이 흐를수록 그의 검끝이 무뎌지고, 급기야는 상대 기병들이 휘두르는 창에 스치며 상처를 입기 시작했다.

'하아… 아직도 적의 기병들이 이렇게 많다니…….'

꽤 많은 기병들을 척살했다고 생각했다.

하지만 금마국의 기병은 여전히 그의 시야를 가득 매우고 있는 반면에 그의 부하들은 눈에 띄게 숫자가 줄어들고 있었다.

다들 피와 흙먼지로 뒤범벅되어 얼굴을 알아보기 힘든 모습들이었다.

"이야아앗!"

갓 스물쯤 돼 보이는 젊은 장교가 쩌렁한 기합을 토하며 장내에 뛰어들었다.

서문혁!

서문탁의 막내아들이자 제십육 보병을 이끄는 비장(裨將)이었다.

그는 지친 서문탁의 곁에 서서 적의 기병들을 향해 검기를 발출했다.

슈콱!

꽈당탕…….

서문혁은 스물이란 나이가 무색한 용맹을 펼쳤다.

같은 뇌정십이절이었다.

아직 부친인 서문탁만큼의 공력을 갖추지 못한 탓에 파괴력이 부족했지만 그래도 기병들을 상대하기에 충분한 실력이다.

하지만 그래 봐야 죽을 시간만 단지 지연될 뿐이었다.

적의 기병은 아직도 헤아릴 수 없을 정도였고, 그들의 능력으로 그 많은 기병을 막아낸다는 건 불가능했다.

서문탁은 참담했고 가슴이 메어졌다.

지친 아비를 돕기 위해 뛰어들었다는 자체가 바로 목숨을 내놓은 것이며, 결국 아비 때문에 자식까지 죽게끔 만들었으니 어찌 그의 마음이 온전하겠는가.

"으하하하! 혁아, 중원의 대장부답게 의연하게 싸우다 최후를 맞이하자꾸나."

하지만 그는 크게 웃었다. 끝까지 죽음 앞에 초연한 모습을 보이고 싶었기 때문이다.

"하하하! 물론입니다. 어차피 한 번은 죽을 목숨, 아버지와 함께하는 저승길이라면 외롭지 않은 겁니다."

그 아버지에 그 아들이었다.

그들은 시꺼멓게 몰려드는 적의 기병들을 상대로 한 점의 두려움도 없는 듯 미친 듯이 싸워 나갔다.

다른 고위 관리들과 너무도 비교가 되는 순간이었다.

대다수의 관리들은 자기 자식들을 징병에서 빠지도록 만들었다. 공손창과 같은 문관들은 물론 심지어 한때 십만 장병을 통솔했던 좌릉까지도 자신의 자식은 물론 처조카까지도 징병에서 빠지게 했다.

하지만 서문혁은 전쟁이 일어나자마자 자원 입대를 하였고, 전장의 최일선에서 부친과 함께 적도들과 싸우고 있는 것이었다.

파곽!

마상에서 휘두르는 적의 창이 서문혁의 어깻죽지를 스쳤다.

"커헉!"

서문혁은 고통스런 신음을 토하며 크게 휘청거렸다.

"혁아!"

서문탁은 경악하며 아들을 부축했다.

바로 그 순간,

"이야압!"

기병 하나가 잠시 허점이 생긴 서문탁 부자의 틈 사이로 창을 내리찍었다.

그런데…….

"커어억!"

기병은 오히려 눈을 까뒤집으며 쇳소리를 토했다. 그의 심장에 화살이 관통한 것이었다.

서문탁은 눈을 휘둥그렇게 뜨며 뒤를 돌아보았다.

와아아아아!

하늘이 떠나갈 듯한 함성과 함께 몰려오는 각양각색의 인물들.

멀리서 봐도 한눈에 알 수 있는 엄청난 거지 떼들이 개미 떼처럼 몰려드는 것이었다.

바로 무대봉과 개방의 거지 패거리들이었다.

위이이이잉~

마치 벌 떼가 날아가는 듯한 기묘한 소리가 사방을 채웠다.

갑자기 온 하늘이 어두워진 느낌이다.

"헉! 피… 피해랏!"

기병들이 다급한 외침을 토하며 우왕좌왕거렸다.

하늘을 뒤덮고 쏟아져 내리는 화살비.

"컥!"

"으아악!"

화살은 강철로 만들어져 있었고, 그 무엇보다 빨랐다.

개방이 자랑하는 백팔궁수대가 쏜 강궁이었다.

그들의 화살은 일반 궁병들과는 달리 모두가 쇠화살이었다. 그렇기 때문에 다른 화살과는 속도와 파괴력에서 차원이 달랐다.

이히힝!

쿵! 털퍽!

한순간에 엄청난 수의 말과 병사들이 곤두박질을 치며 전열이 급격하게 무너지기 시작했다.

그러자 환규와 가옥, 그리고 개방의 신진 정예인 청무걸단이 우왕좌왕거리는 적진 속으로 맹렬히 돌진했다.

"이놈들… 광한이의 복두를 갚기 위해 우리가 왔다."

"으하하핫! 몽땅 박살 내주마."

쐐애애액

"으아악!"

환규의 투박한 기형도와 가옥의 감산도가 허공을 가를 때마다 비명이 터져 나왔고,

파파팟!

"크악!"

청무걸단의 젊은 정예들의 육합대창이 번뜩일 때마다 폐부를 쥐어짜는 듯한 단말마가 연이어 울려 퍼졌다.

"뭐… 뭐야? 세상에 무슨 거지 새끼들의 무공이 저토록 막강한 거야……?"

타미루는 중원에 개방이란 거지 문파가 있다는 얘기는 들어봤지만 그들의 무공이 이처럼 엄청나리라곤 전혀 예상치 못한 표정이었다.

그는 흥분으로 잔뜩 붉어진 얼굴로 크게 소리쳤다.

"금마국의 용사들이여! 거지 새끼들을 응징하라. 모조리 쓸어버려라!"

"와아아아!"

콰두두두…….

우레와 같은 함성과 함께 기병들은 자신들의 병력을 깨부수고 있는 개방인들을 향해 벌 떼처럼 달려들었다.

차차창!

"으아!"

"크아악!"

대혈투.

용맹한 금마국의 기병들과 황군, 개방의 연합군들 간의 대격전이 벌어졌다.

아비규환의 소용돌이 속에,

피… 피… 그리고 또 피…….

그야말로 통천가공할 피의 폭풍이 휘몰아치고 있었다.

양측에서 울려 퍼지는 비명 소리는 지신(地神)을 격동시키고 지옥의 마왕(魔王)마저 움츠러들게 했다.

콰두두!

가옥의 주위로 세 기의 인마가 몰려들었다.

"와아! 죽여라!"

그들은 마상에서 미친 듯이 긴 장창을 휘두르며 덮쳤다.

허공으로 도약하며 가옥의 오른손이 번뜩였다. 무시무시한 도기가 일순 허공을 덮었다.

"하아아앗!"

냉혹한 고함 소리와 함께 가공할 은빛 도기가 천지간을 가르며 난무하기 시작했다.

카카카칵!

"아아악―!"

자욱한 피보라가 일며 처절한 비명이 사위를 진동시켰다. 순식간에 그녀를 둘러싼 세 명의 기병이 즉사를 하고 만 것이다.

환규 또한 달려오는 적의 기병들을 향해 섬전처럼 몸을 날렸다.

"으아악!"

꽈당탕탕…….

그의 기형검이 허공을 가를 때마다 처절한 단말마와 함께 피무지개가 호선을 그렸고, 인마가 동시에 바닥을 뒹굴었다.

비단 그들뿐만 아니라 개방의 정예들은 결코 적의 기병에 물러섬이 없는 놀라운 무공을 보였으니…….

'뭐… 뭐야? 말도 안 돼… 무슨 거지 새끼들의 무공이 저토록 고강하단 말이냐?'

장내의 상황을 지켜보던 타미루의 얼굴이 푸르뎅뎅하게 변했다. 그는 개방인들의 미친 듯이 질주하며 자신의 부하들을 척살하고 있는 현실이 도무지 믿어지지가 않았다.

하지만 그렇다고 해서 전쟁을 이끄는 수장으로서 넋을 잃고만 있을 수는 없는 일.

그는 벼락같이 고개를 돌리며 쩌렁한 일갈을 토했다.

"흑풍전차여, 저 거지 새끼들을 몽땅 쓸어버려라!"

흑풍전차!

밀리고 있는 지금의 전세를 역전시킬 수 있는 유일한 대안은 바로 흑풍전차뿐이었다.

타미루의 외침이 미처 끊어지기도 전,

콰아아아앙…….

다섯 대의 흑풍전차는 마치 그의 명령을 기다리고 있었다는 듯 장내를 향해 맹렬한 기세로 돌진했다.

"헉!"

흑풍전차의 등장에 서문탁을 비롯한 중원군들은 전율과 공포로 몸을 떨었다.

흑풍전차!

전쟁 영웅 북궁월과 소림과 남궁세가의 무인들을 속수무책으로 만들며 그들을 모두 쓸어버렸던 가공할 인마일체의 병기가 또다시 그들의 눈앞에 나타났으니 그들의 경악은 너무도 당연했다.

파아앗!

"흑풍인지 흑싸리인지 잘 만났다. 내가 몽땅 박살을 내주겠다."

차가운 냉갈과 함께 질주하는 흑풍전차의 앞으로 벼락처럼 떨어져 내리는 사내가 있었다.

무대붕!

바로 그였다.

무대붕과 개방인들이 총단에서 멀지 않은 곳에 위치한 산동 전선 대신 이곳으로 달려온 것은 황궁과 가깝다는 지형적인 이유도 있지만, 가장 큰 이유는 바로 이쪽 전선에서 광한이 죽었기 때문이다.

'다른 이유는 없다. 내게 광한의 복수가 최우선이다.'

무대붕의 손에는 삼 장 정도의 길이에 이끼가 낀 것처럼 푸르스름한 청록색의 죽봉이 쥐어져 있었다.

건곤타구봉.

개방 방주의 신물인 바로 그것이었다.

무대붕은 자신을 향해 돌진하는 흑풍전차를 차갑게 응시했다. 그리곤 뒤를 향해 소리쳤다.

"모두 물러나라!"

흑풍전차는 마치 폭풍처럼 빠르며 광포했고, 무사들은 무서운 속도로 질주하는 마차 위에서 전혀 흔들림없이 소름 끼치도록 정확한 투창술을 갖고 있다. 혹시라도 개방 식구들과 중원군들이 다치는 일이 없도록 무대붕은 사람들을 멀찌감치 물러나도록 지시를 했다.

콰아아앙!

눈 깜짝할 사이에 선두의 흑풍전차는 무대붕의 정면을 노리며 짓쳐 왔다.

쐐액!

흑풍전차로부터 쇠창 한 대가 무서운 속도로 날아들었다.

카깡!

무대붕은 타구봉으로 날아드는 쇠창을 걷어냈다.

그 순간,

"앗! 각하, 밑을 조심해."

가옥의 뾰족한 외침이 터졌다.

콰콰콰콰…….

마차 바퀴에서 길고도 예리한 나선형의 쇠기둥이 튕겨져 나왔다. 무대붕의 옆을 스치며 그의 다리를 노렸다. 스치기만 해도 다리가 박살 날 것이다.

파앗!

무대붕은 흑풍전차가 자신의 옆을 스치며 지나가는 순간 허공으로 도약했다.

자신에게 창을 던진 무사를 향해 건곤타구봉을 내려찍으려는 찰나,

피이이익!

후미에서 달려오는 흑풍전차에서 세 대의 강궁이 연속적으로 쏘아 들었다.

파파팟!

무대붕은 미처 내려찍지 못하고 황급히 날아드는 강궁을 쳐냈다.

그가 노렸던 선두의 흑풍전차는 그사이에 이미 건곤타구봉의 사정권에서 벗어났다.

'빌어먹을! 이놈들이 빠르기만 한 게 아니라 호흡이 척척 맞아떨어질 정도로 더럽게 조직적이군.'

어쩔 수 없이 지면에 착지한 무대봉은 입술을 질끈 깨물었다.

콰아아앙!

이번에는 무대봉에게 강궁을 쏘았던 후미의 흑풍전차 두 대가 동시에 돌진하기 시작했다.

무대봉을 중앙에 놓고 양 측면으로 달려오는 흑풍전차.

피이잇!

쐐애애액!

양쪽에서 강궁과 쇠창이 벼락처럼 날아든다.

다리와 심장, 그리고 머리를 정확히 노리고 날아드는 강궁과 쇠창.

무대봉은 다시 한 번 건곤타구봉으로 황급히 쳐냈다.

하지만 문제는 바로 마차 바퀴에서 튀어나와 있는 나선형의 쇠기둥이었다. 무대봉이 강궁과 쇠창을 쳐내는 순간 톱니처럼 돌아가며 그의 옆을 스치는 쇠기둥 때문에 그는 어쩔 수 없이 그만큼 위로 몸을 띄워야만 했다.

패패패애액!

그것을 노렸다는 듯이 남은 두 대의 흑풍전차가 돌진하며 화살을 쏘아댄다. 수십 개의 화살이다.

그들이 쏘아댄 것은 한 번에 다섯 대의 화살이 동시에 출수되는 특수 제작의 석궁이었다. 마차마다 두 명씩 우뚝 서 있는 네 명의 무사가 한 번에 다섯 대씩 출수되는 석궁을 쏘아대니, 이미 스치는 쇠기

둥을 피해 허공에 뜬 상태에서 그것을 피한다는 것은 거의 불가능했다.

"흐흐, 지면에 서 있는 상태라면 땅을 박차며 피할 수 있겠지만, 이미 떠 있는 상태라면 대라신선도 절대 못 피한다."

타미루는 날아드는 석궁 세례에 무대붕이 고슴도치가 될 것이라고 확신했다.

파앗!

하지만 그의 예상과는 달리 무대붕은 허공에서 다시 한 번 위로 솟구치며 날아드는 화살 세례를 가볍게 피해냈다.

"허걱!"

타미루는 자신도 모르게 눈이 크게 확대되며 헛바람을 삼켰다.

'마, 말도 안 돼. 이중 도약이라니? 그것도 처음에 뜬 상태보다도 훨씬 높이 도약하다니……'

타미루는 자신의 수준으로밖에 무공을 보질 못했다.

그가 중원 무림에 좀 더 깊은 안목을 갖고 있었다면 개방의 무학 중에 연응신공(連鷹身功)이라는 절세의 경신법이 있다는 것쯤은 알고 있었을 텐데, 안타깝게도 그는 아직껏 무대붕과 같은 초절정의 경신술을 갖고 있는 고수를 보질 못했다.

후욱! 후우욱…….

다시 지면에 착지한 무대붕은 가쁜 숨을 몰아쉬었다.

연응신공은 그만큼 내력 소모가 많은, 하여 어지간한 위기가 아니고선 함부로 펼치지 않는 비상의 절기였다.

콰아아앙!

다섯 흑풍전차가 다섯 방향에서 무대붕을 향해 맹렬한 속도로 달려들기 시작했다.

상대가 상상 이상의 고수라는 것을 직감한 그들의 입장에선 빠른 승부를 택하는 건 당연한 일이었다.

시간이 흐르면 먼저 지치는 쪽은 무대붕이 아니라 마차와 세 명의 사람을 태우고 빠른 속도로 달리는 흑오마였기 때문이다.

'오냐, 바라던 바다.'

무대붕은 싸늘한 미소를 머금었다.

그와 동시에, 그의 눈에선 평소 맛이 간 동태와도 같은 흐리멍덩함은 사라지고 얼음처럼 차가운 빛이 폭사되었다.

"차아앗!"

우렁찬 폭갈과 함께 그의 몸은 위로 바람개비처럼 돌면서 도약했다. 아울러 그의 손에 움켜쥐어져 있는 건곤타구봉이 현란한 봉무(棒舞)를 펼치기 시작했다.

제마건곤무적절예.

첫 초식인 봉타쌍견에서부터 마지막 초식인 천하무구까지 모두 삼십 육로 봉법으로 이 초식들이 반(返), 벽(劈), 전(轉), 착(錯), 도(到), 인(引), 봉(封), 전(纏)으로 이루어진 여덟 개의 구결과 합하여 무려 이백팔십팔 가지라는 엄청난 기본 초식을 근간으로 하고 있는 무공.

오직 천하에서 단 한 사람, 개방의 방주만이 시전할 수 있는 무공이기도 한 제마건곤무적절예.

때문에 개방의 방주가 그 무술을 시전하지 않는 한 사람들은 그 위력이 어떤지, 도대체 어떤 식으로 전개되는지 전혀 알 길이 없다는 그 무공이 이 순간 화려하게 모습을 드러내고 있었다.

고오오오!

고막을 찢을 듯한 파공성과 함께 대막의 용권풍을 연상케 하는 무시무시한 녹색의 돌개바람이 솟구치며 사위를 확산해 나간다. 공간은 온통 녹광으로 물들었다.

"헉!"

흑풍전차를 모는 마부들의 눈이 일제히 확대되었다.

콰콰콰콰.

번쩍! 버— 번쩍……!

돌개바람 속에서 녹색의 강기가 선두에서 달려오는 흑풍전차를 향해 번개처럼 쏘아들었다.

정확히 모두 열 줄기로 퍼져 나가는 벼락같은 강기였다.

"헉! 피… 피해라!"

흑풍전차의 무사들은 기겁을 하며 마부를 향해 소리를 질렀다.

그러나 돌개바람 속에서 발출된 녹색의 강기는 피할 만큼의 시간을 주지 않았다.

펑! 퍼펑!

강기는 각 전차를 이끌고 있는 흑오마들의 정수리에 정확히 꽂혔다.

이히히힝!

말들의 정수리에선 피분수가 뿜어졌고, 말들은 허옇게 눈을 까뒤집었다.

그리고 엄청난 폭음과 함께 흑풍선차가 곤두박질을 쳤다.

쿠당탕탕탕…….

"어어억!"

다섯 대의 흑풍전차가 일제히 격렬하게 나가떨어지자 뭉게구름과 같은 먼지가 피어올랐다.

금마국의 군사 사공중필이 중원 침략을 위해 만든 특수 병기인 흑풍전차가 무대붕의 가공할 무위 앞에서 처참한 몰골로 박살나는 순간이었다.

어찌나 격렬하게 곤두박질을 쳤는지 최고의 명마인 흑오마들은 모두 다리가 부러진 듯 일어설 줄을 몰랐고, 마부와 무사들 역시 뼈마디가 어긋난 듯 두려운 표정으로 신음만 흘리고 있을 뿐이었다.

"……."

중인들은 누구랄 것 없이 입을 쩍 벌렸다.

개방인들은 무대붕이 개방 역사상 최강의 고수라는 것은 알고 있었지만 이 정도까지 엄청난 무공을 소유했으리라곤 예상을 못했다.

특히 가옥은 한때 자신과의 비무에서 저와 같은 최절정의 무공을 숨기고 피하기만 했던 무대붕의 배려와 세심한 마음씨를 다시 한 번 진하게 느껴졌다.

한편, 개방인들과는 반대로 타미루는 전율에 몸을 떨었다.

"이, 이럴 수가……!"

그는 좀 더 많은 병력을 이끌고 오지 못한 것을 처음으로 후회했다.

전쟁 영웅 북궁월은 죽었고, 이미 뚫린 하남 전선이다.

굳이 많은 병력이 없어도 이곳 중원군 제이기지를 점령하는 건 누워서 떡 먹는 것보다도 쉬운 일이라고 생각했다.

그것은 타미루뿐만 아니라 야율노극과 사공중필의 생각도 같았다.

하여 일단 제이기지 점령은 문제도 아니라고 판단한 탓에, 많은 병력을 출동시키지 않았던 것인데…….

뜻밖의 강적이 나타났다.

그것도 지난번 난데없이 뛰어들더니 독화살에 맞은 북궁월을 업고 도망친 이상한 놈이었다.

'젠장! 중원엔 왜 이렇게 엄청난 놈들이 많은 거야? 북궁월만 제거되면 모든 게 만사형통인 줄 알았더니만……..'

타미루는 미칠 것처럼 짜증이 났다.

처음엔 북궁월 때문에 박살이 났고, 이번엔 거지 패거리들의 우두머리 때문에 또 상황이 최악으로 변했으니 그의 기분이 더러운 건 지극히 당연했다.

하지만 그는 기분을 따질 만큼 여유있는 상황이 아니었다.

흑풍전차를 박살 낸 무대봉이 천천히 그의 앞으로 다가오고 있었기 때문이다.

"대단한 거지 놈이군, 흑풍전차를 궤멸시키다니……."

타미루는 입술을 질끈 깨물며 무대봉을 노려보았다.

"애꿎은 부하들을 더 이상 희생시키지 말고 깔끔하게 수장(首將)끼리 승부를 내자구."

"……?"

타미루는 눈을 휘둥그렇게 떴다. 무대봉의 말을 이해할 수 없다는 표정이었다.

"수장끼리? 그래서 만약 네놈이 패하면 어찌할 테냐?"

"우리 개방 식구들이 모두 불러가겠다."

무대봉은 짧고 단호하게 입을 열었다.

타미루의 눈이 번쩍 띄여질 정도로 매력적인 제안이었다.

흑풍전차가 모두 궤멸이 되고 부하들은 전의를 모두 상실한 상태다. 물론 상대의 무공이 실로 엄청나다는 것은 이미 목격을 해서 알고 있다. 하지만 그 역시 자신의 무공에 관해선 무한한 자부심이 있었다.

그렇기에 문득 부아가 치밀기도 했다.

'이 자식이 날 발가락의 떼만치도 생각지 않는다는 얘기야, 뭐야?'

불쾌했지만… 상대의 무공이 엄청나다는 것을 알고도 있지만, 도저히 역전이 불가능한 입장에서 상대의 이와 같은 제안을 받으니 거절하고 말고 할 이유가 없었다.

"흐흐… 좋다. 아무리 거지 새끼라지만 설마 한 입으로 두말하지는 않겠지?"

타미루는 괴소를 흘리며 두 자루의 도끼를 뽑아 들었다.

"물론이다. 내가 응징하고 싶은 건 애꿎은 네 부하들이 아닌 이와 같은 전쟁을 일으킨 금마국의 수괴들뿐이다."

무대붕의 표정은 시종일관 싸늘했다.

"흐흣! 적의 부하들까지 배려하다니 보기와는 달리 생각이 갸륵한 거지 새끼로군. 그러나……."

말과 함께 타미루의 신형이 허공으로 솟구쳤다.

"알량한 자비심 때문에 네놈은 승리할 수 있는 절호의 기회를 놓쳤다. 우하하핫!"

벼락처럼 타미루의 공세가 시작되었다.

무지개처럼 허공을 가르며 광포하게 짓쳐 드는 두 줄기의 부광(斧光).

쐐애애액!

부광에 서린 부기(斧氣)는 너무도 섬뜩했다.

마치 모습 그대로 광풍폭우(狂風暴雨)요, 번천단해(翻天斷海)의 기세!

깡! 차창!

그러나 무대붕은 날렵하게 몸을 뒤트는가 싶더니 건곤타구봉으로 너무도 여유있게 타미루의 공세를 막아냈다.

뿐만 아니라 순식간에 몸을 선회시킨 후 벼락같이 비틀며 부광의 사이로 교묘한 공격까지 가했던 것이다.

파파팟!

창졸간에 타미루의 옷자락이 날카롭게 찢겨 나갔다.

"헉……!"

타미루의 어깨 살이 잘라지며 순식간에 그의 상체는 핏물로 물들고 말았다.

"으드득! 이… 이노옴!"

타미루는 무섭게 분노하며 더욱 맹렬한 기세로 달려들었다.

지난번 광한으로 인해 이미 두 번씩이나 패배의 아픔을 겪었던 타미루였다. 또다시 실패를 반복한다는 건, 용서 여부를 떠나 그의 자존심이 허락치를 않았다.

그에게는 남들에게는 없는 수많은 전장의 경험이란 게 있었고, 아무리 상대가 자신보다 강하다고 할지라도 그의 경험상 한 번쯤은 자신에게도 기회가 있을 거라는 판단에 결코 물러서려고 하질 않았다.

콰우우웅!

두 자루의 도끼가 섬뜩한 예기를 발산하며 미친 듯이 춤을 춘다.

때론 폭풍과 같았고, 어떨 때는 무서운 해일처럼 무대붕을 향해 덮쳐들었다.

태산이라도 반으로 쪼갤 듯한 타미루의 쌍 도끼 중 하나가 무대붕의 어깻죽지를 내려찍으려는 순간, 그보다 먼저 푸른 녹광이 번쩍이는 것을 그는 보았다.

쩍ㅡ!

순간적으로 뒤로 튕겨져 날아가는 타미루의 몸에서 뼈와 살이 함께 바스러지는 쇄골음과 파육음이 뒤섞여 터져 나왔고 뒤이어 허공에 붉은 안개가 좌악 번졌다.

건곤타구봉에서 발출된 강기에 격타당한 충격으로 전신의 모세혈관이 터지면서 피가 안개처럼 뿜어진 것이다.

"크아아아악!"

처절한 단말마의 비명을 내지르며 타미루의 신형은 폭풍에 날리는 나뭇잎처럼 균형을 잃고 뒤로 한없이 나가떨어졌다.

쿵!

"……."

그리고 더 이상 타미루의 입에선 그 어떤 미세한 신음 소리조차 흘러나오지 않았다.

타미루.

야율노극의 오른팔로 그동안 수많은 전장의 최일선에서 연전연승을 거뒀던 금마국의 맹장.

천하제패라는 위업을 야율노극에게 선물하겠다며 누구보다도 용맹하게 싸우고, 또 싸웠던 그였지만… 결국 타미루는 광한으로 인해 처음으로 패배를 당해야 했고, 무대붕으로 인해 최후를 맞이하고 말았다.

금마국의 병사들은 망연자실한 표정들이었다.

이미 전세는 기울어졌고, 지휘관까지 잃었다.

털퍽…….

더 이상의 싸움은 의미가 없음을 알고 그들은 모두 병기를 놓고 무룡을 꿇었다.

와아아아!

개방인들과 중원군들의 입에서 일제히 우렁찬 승리의 함성이 터져 나왔다.

승리!

그것도 패배 직전에 극적으로 뒤집은 역전의 승리였다.

그리고 그 승리의 중심에는 모두가 손가락질을 하며 비웃었던 개방의 거지들과 무대붕이 있었다.

"하하! 자식들이 감히 우리 각하 앞에서 재롱을 떨기는……."

"각하! 정말 멋있었습니다."

"솔직히 여지껏은 조금밖에 존경하지 않았지만, 앞으로는 무조건 존경하겠습니다. 각하님, 정말 최고입니다."

개방인들은 누구랄 것 없이 모두가 흥분된 얼굴로 무대붕의 앞으로 몰려왔다.

무대붕은 문득 고개를 들어 하늘을 보았다.

광한아!

보고 있겠지?

너를 내 곁에서 빼앗아간 흑풍전차라는 마물을 부숴 버렸다.

하지만 내 기분은 그다지 유쾌하지가 않은 건 무슨 이유 때문인지 모르겠구나.

망할 자식, 뭐가 급하기에 그토록 서둘러 떠난 것인지…….

빌어먹을…….

와아아아!

획가현 전역을 울려 퍼지는 승리의 환호 속에서…….

무대붕은 구름 사이로 희미하게 미소 짓는 광한의 얼굴을 보았다.

제59장

사랑하는 이들을 남겨두고 떠나야 하는 자들의 슬픔

사랑하는 이들을 남겨두고 떠나야 하는 자들의 슬픔

—복수를 하고… 그래서 적군들을 모두 쓰러뜨리면?
그렇게 하면 이미 떠난 망한이 다시
살아 돌아올 수는 있는 것일까?

"하하하하!"

모처럼 천붕전에서 웃음소리가 기분 좋게 울려 퍼졌다. 하남 전선에서 전해온 승전보 때문이었다.

"과연 대붕이다. 적이 자랑하는 마물, 흑풍전차를 박살 내버리고 게다가 적의 수장까지 한 방에 저승길로 보내다니……."

"정말 대단한 승전보입니다. 하마터면 서문탁 대장군을 비롯한 우리의 장수들이 모두 쓰러질 뻔한 절대절명의 위기를 구했다고 합니다."

보고하는 담일기의 표정도 더없이 밝았다.

문득 영중제는 자신의 이마를 가볍게 톡톡 치며 가벼운 너털웃음을 흘렸다.

"허허… 어떻게 그랬던 친구가 갈수록 나를 놀라게 할 줄이야……."

"폐하, 무슨 말씀이신지?"

담일기는 의아한 표정을 지었다.

"맨 처음 대붕이를 황궁으로 불러왔을 때가 자꾸 생각나지 뭔가? 대붕이가 대승천부가 남긴 보물을 얻었다 하여 어려운 국가 재정을 위해 기부 좀 하라고 했더니 몽땅 도둑맞았다고 천연덕스럽게 거짓말을 하던 그때가 말이야……."

"하하… 그랬었지요."

"그랬던 친구가 자진해서 보물을 다시 갖고 오고, 국정을 자기들 멋대로 농락하던 공손 승상 일당을 모두 뇌옥으로 보내는 일을 하게 될 줄을 어찌 상상인들 했겠는가?"

담일기는 자신도 모르게 고개를 끄떡였다. 무대붕이 없었다면 공손창 일당은 지금도 자신들의 권력을 유지하기 위해 온갖 부정 부패와 치부에 혈안이 되어 있었을 것이다. 나라가 어찌 되든 말든.

"게다가 이젠 전장의 최일선에서 적도들을 궤멸하는 조국의 영웅으로 떠올랐으니……."

무대붕을 떠올리면 영중제는 늘 입가에 흐뭇한 미소가 걸린다.

처음엔 자신의 우울한 기분을 너무도 즐겁게 잘 맞춰주어서 흐뭇했고, 지금은 바람 앞에 등불처럼 위태로운 조국을 구하기 위해 몸을 던지고 있다는 사실이 또한 흐뭇하고 더없이 갸륵하게 느껴졌다.

"대붕이와 그의 형제들이 다시 산동 전선으로 달려갔다고 하던데… 맞는가?"

"그렇습니다. 그곳은 지금 한 치 앞을 내다볼 수 없을 정도로 대단히 치열하다고 하옵니다."

담일기가 무거운 표정으로 대답하자 영중제는 탄식을 터뜨렸다.

"허어… 산동 전선은 곽한승 대장군이 이끄는 이만의 정예군과 무당과 화산을 비롯한 무림 거대 명파들이 만반의 대비를 갖춘 곳이 아닌가? 하여 세 전선 중에서 가장 확실하게 적도들을 궤멸할 수 있는 곳이라고 판단하고 있었는데 그게 아니었단 말인가?"

"상대적으로 아군보다 훨씬 뛰어난 기마술을 보이고 있는 금마국의 기병들 중에서도 산동 전선을 이끄는 적장 오록호리가 이끄는 철갑 기마대가 최강이라고 하옵니다. 그런 탓에 상황이 여의치가 못하다고 하옵니다."

"음……."

영중제는 묵직한 신음을 토했다.

"속히 대붕이와 그 형제들이 그쪽에 합류해야 할 텐데……. 대붕이가 합류만 한다면, 하남 전선의 대역전극처럼 그곳에서도 승리를 취할 수가 있을 게야. 암, 그렇고말고……."

"소신도 그렇게 생각하옵나이다."

언제나 무대붕을 불안하게 생각했던 담일기도 이 순간만큼은 주저 없이 영중제의 생각에 동의했다.

무대붕!

어느덧 이 이름은 영중제를 비롯한 황실의 관료들, 그리고 모든 중원인들에게 조국을 구할 신뢰의 이름으로 각인되고 있었다.

지난날 북궁월이 그랬던 것처럼…….

*   *   *

두두두…….

"으아악!"

차차창!

"크아아악!"

산동의 전투는 어느덧 사흘째로 들어서고 있었다.

초반엔 팽팽하게 균형을 유지하던 모습이었으나 시간이 흐르면서 일진이 무너지고 무림에서 지원을 나온 거대 문파와 중소 문파의 정예병들로 구성된 이진마저 크게 무너지고 있었다.

두두두두…….

우직! 챙! 챙!

여전히 지축을 흔드는 철갑 기마대의 말발굽 소리.

"와아아아!"

"으아악!"

"죽어랏!"

함성과 병장기 부딪치는 소리, 그리고 단말마의 비명.

모든 것이 하나의 거대한 소음을 만들며 철갑 기마대는 거칠게 중원의 무사들을 유린했고, 지친 무사들은 더 이상 버티지 못하고 맥없이 쓰러졌다.

제이진의 마지막 버팀목인 무당의 장문 청무 진인.

그는 쓰러지는 무당의 제자, 그리고 중원의 무사들을 비통한 얼굴로 바라보고 있었다.

오천의 철갑 기마대.

중원의 무인으로 치자면 그다지 두려운 존재는 아니었다.

기마대 중 최정예의 기병이라 할지라도 구대문파의 우수한 제자들을 만나면 맥없이 무너질 수밖에 없는 수준이었다.

그러나 철갑 기마대에겐 무림문파의 제자들이 갖지 못한 경험이 있었다. 삶과 죽음의 경계를 넘나들며 피를 뿌리고 사람의 생명을 빼앗았던 수많은 전투 경험이…….

때문에 막상 전투에 들어가면 별것 같지 않은 그것은 큰 차이를 보이게 되었다.

임기응변, 생명의 위협에 대한 순간적인 반응.

대원의 일부가 죽어 전열이 흐트러질 때마다 신속히 그 공백을 메우는 조직적인 응집력과 단합된 힘.

그리고 우수한 기마를 통해 높이와 속도에서 압도적인 우위까지 보이고 있으니 아무리 체계적으로 무술을 연마한 강호의 무림인이라 할지라도 적의 기병들을 상대하기는 너무도 벅찰 뿐이었다.

'아무리 일급 고수라 할지라도 철갑 기마대 한 명을 제거하기 위해선 엄청난 내공을 소진하게 된다. 승리를 우리 쪽으로 만들기 위해선 일격에 적들을 죽여야만 하는데… 그렇게 하지 못하니 점점 밀릴 수밖에…….'

콰두두두…….

"으아아악!"

또 하나의 무인이 적의 창에 가슴을 관통당했다.

생을 마감하는 젊은 무사의 처절한 마지막 모습이 청무 진인의 시야에 들어왔다.

'광마불이나 지난날의 독화와 무천승처럼 초절정의 고수가 출현하여 조직적으로 움직이는 적의 흐름을 끊어놓지 않는다면 이 전쟁은 도저히 역전할 수가 없을 것이다.'

청무 진인은 점차 밀리는 형세를 안타까워하며 한 명의 얼굴을 떠올렸다.

…장문인. 광마불과 독화가 강호에서 사라진 이후 세인들은 날더러 당금 무림의 천하제일인이라고 칭하는데, 난 결코 그런 칭호를 들을 자격이 없소이다. 믿지 못하시겠지만 난 이제 갓 스물이 된 내 아들 녀석의 십초지적도 못 됩니다. 그러니 내가 어찌 그런 칭호를 들을 수 있겠습니까? 허허허!

언젠가 무천승이 그에게 했던 말이다.

청무 진인은 약관 스무 살에 당시 천하제일인이었던 무천승을 능가했다는 게 쉽게 믿어지지 않았지만, 그렇다고 삼류 거지 문파였던 개방의 오늘을 만든 무림의 영웅인 무천승이 결코 허언을 했다고 생각하지는 않았다.

그리고 하남 전선을 구한 무대붕의 소문은 이미 이곳까지 전해졌다.

'이곳 제이의 방어진이 무너지면 승패는 그걸로 끝이다. 무슨 일이 있어도 버텨야만 한다. 무 방주가 올 때까지만이라도.'

청무 진인의 얼굴에 비장한 결의가 스쳤다.

후방에 곽한승 대장군이 지휘하는 제삼의 방어진이 있지만 각 문파의 정예병으로 구성된 그들의 힘으로 적도들을 단 하루도 저지할 수 없다는 게 청무 진인의 판단이었다.

그는 옆을 보았다. 그리고 우렁차게 외쳤다.

"무당의 칠성검수대(七星劍手隊)여! 나를 따르라!"

외침과 함께 그의 몸은 광포하게 질주하며 각 파의 젊은 제자들을 유린하고 있는 살겁의 현장 깊숙이 날아들었다.

이 땅을 구할 새로운 구원자인 무대붕이 나타날 때까지 남은 무당의 제자들과 함께 적도들을 막아보겠다며 칠순의 늙은 장문인은 그렇게 전장으로 뛰어들었다.

*   *   *

벌컥!

야율노극은 술잔을 들이켰다.

한낮임에도 불구하고 그는 적지 않게 과음 중이었다.

이십여 년 전, 버림받은 차가운 오지에서 병력을 일으킨 이후 그는 단 한 번도 과음한 적이 없었다.

승리를 자축하는 자축연이나, 장수들을 위한 축하연 같은 행사 때에도 결코 한 잔 이상 마신 적이 없을 정도로 철저하게 자신을 관리했던 야율노극이 지금 상당히 술에 취해 있었다.

사공중필은 묵묵히 바라볼 뿐 그 어떤 말도 꺼내지 않았다.

지금 야율노극의 심정이 어떤지 충분히 짐작하고 있었기 때문이다.

"타미루… 타미루가 죽었네……. 가장 먼저 낙양으로 들어가 금마국의 깃발을 꽂겠다던 타미루가 내 곁을 떠났네……."

야율노극이 풀 한 포기 제대로 나지 않는 버림받은 북해의 오지에서 자신의 형제와 후손들이 기름 진 땅 위에서 마음껏 살 수 있도록 만들겠다는 의지로 병력을 일으켰을 때, 타미루의 나이 불과 열다섯이었다.

그럼에도 그는 언제나 최일선에서 가장 용맹하게 싸웠다.

단순 무식한 게 흠이긴 했으나, 그 어느 누구보다도 충성심이 강했던 타미루.

그랬던 그가 마상 위에 엎혀진 채 싸늘한 시신으로 돌아왔으니 야율노극의 비통함은 이루 말할 수 없을 정도였다.

"무대붕이라고 했는가……?"

야율노극은 술잔을 내려놓으며 음성을 발했다.

느리지도, 빠르지도 않은, 그렇지만 얼음처럼 차가운 한기가 베어 있는 음성이었다.

"예, 폐하."

"개방이라는 거지 문파의 방주라고 하던데……."

"그렇습니다."

"그 이름… 잊지 않겠네, 결코……."

음성은 무심했으나 그의 눈에선 분노의 광망이 무섭게 이글거리고 있었다.

무대붕!

이제 야율노극에게 있어 그 이름은 갚아야 할 혈채의 최우선 순위로 각인되었다.

＊　　　＊　　　＊

콰두두두두…….

타오르는 유월의 햇살 아래 삼천여 기의 기마와 일만 명의 보병이 개미 떼처럼 날려들기 시작했다.

그리고 선두에서 대군을 총지휘하는 사내가 달리는 마상 위에서 앙 천광소를 토했다.

"으하하하! 황도 낙양은 본좌가 가장 먼저 입성하고야 말리라!"

산서 전선을 이끌고 있는 금마국의 대장군 도로곤.

지난 패배에도 불구하고 그가 이렇듯 자신있게 소리칠 수 있는 것은 한 달 반 동안 조직 정비와 전략을 탄탄히 세운 것도 이유이겠지만 가장 큰 이유는 믿는 구석이 있었기 때문이다.

둥둥… 둥… 둥…….

산서 전선 중원군의 기지가 있는 광활한 개활지에 전고가 급하게 울려 퍼졌다.

"무엇이?"

전령의 보고를 받던 황보철명 대장군은 자신도 모르게 자리에서 벌떡 일어나고 말았다.

그의 얼굴은 경악과 전율로 가득 차 있었다.

"지난번 적도들의 침입을 막았던 제일의 방어진인 토성이 지원군을 보낼 시간조차 없이 불과 한 시진만에 무너졌단 말이냐?"

"크흑… 그렇습니다, 대장군."

이십대 초반의 전령은 닭똥 같은 눈물을 뚝뚝 떨어뜨리며 대답했다.

"그럼 좌춘성 장군은?"

"크흑! 적도들의 말 발굽 아래… 그만……."

"무엇이?"

황보철명의 표정이 딱딱하게 굳어버렸다.

하남 전선을 지키다가 허약한 산서 전선의 제일 방어진을 지키기 위해 급히 지원 나온 장군 좌춘성.

현숙한 아내와 시집갈 나이가 됐음에도 불구하고 여전히 애교가 만점인 쌍둥이 딸을 위해서라도 조국을 구한 후 반드시 가족들에게 살아서 돌아가겠다고 맹세했던 제일 방어진의 수장.

그런 좌춘성이 그토록 허망하게 죽었다는 사실에 황보철명은 너무도 가슴이 아팠다.

그때 젊은 장수 하나가 급히 뛰어들었다.

"대장군님, 제이 방어진으로 합류하기 위한 모든 준비를 완료했습니다."

"알았다."

황보철명은 머리에 투구를 쓰며 자리에서 일어났다.

"참, 광마불은?"

그는 막사를 나서다 말고 젊은 장수에게로 고개를 돌렸다.

"휴~ 그 영감님은 지금 도저히 전장에 참여할 상황이 아닙니다."

젊은 장수는 길게 한숨까지 내쉬며 보고를 했다.

"상황이 아니라니? 그게 무슨 소리냐?"

황보철명은 이해할 수 없다는 표정이었다.

"얼마 전부터 어디서 술을 구해오셨는지 식사도 안 하시고 계속 술만 드시지 뭡니까?"

"뭐라?"

"아우 되시는 무천표님과 함께 아무리 큰일이 났다며 깨워봐도 도저히 일어나시질 못하더군요."

황보철명의 얼굴에 낭패란 기색이 스쳤다.

한 시진 만에 도성을 짐령할 정노로 섞의 기세가 만만지 않은 상황이다. 이런 절박한 시기에 광마불이 전투에 참가할 상황이 못된다니 어찌 곤혹스럽지 않겠는가.

"음… 상태가 그 정도라니… 아쉬워도 어쩔 수 없지."

황보철명은 무거운 표정으로 천막을 나섰다.

그리고 이미 그의 명을 기다리고 있는 수많은 병사와 무림인들을 향해 크게 외쳤다.

"지금부터 모든 병력은 제이의 방어진을 지원한다. 출동!"

차차창!

"으아악!"

파파파팍!

"크와악!"

피와 살이 튄다.

그리고 쉬임없이 이어지는 비명… 비명들…….

드넓은 평원 위에서 도로곤이 이끄는 금마군과 황보철명의 중원군이 총력전을 벌인다.

"놈들을 모두 척살하라. 지난 패배를 이자까지 쳐서 확실하게 갚아라!"

장대한 백병전이 벌어지고 있는 넓은 평원의 한편에서 부하들을 지휘하고 있는 거기장군 비무기의 음성이 너무도 경쾌했다.

전투가 벌어질 때마다 언제나 소태 씹은 표정으로 뒤꽁무니 뺄 생각만 하던 비무기로서는 놀라운 변화였다.

물론 그가 이처럼 변하기까지는 그만한 이유가 있었다.

그의 곁에 의동생인 요수련이 독화에게서 배운 암기술로 중원군을 열심히 상대하고 있다는 것도 이유 중의 하나이긴 했지만 무엇보다도 중요한 것은 자신의 앞에 너무도 믿음직한 존재, 독화가 있었기 때문이다.

'크크… 아무리 위험한 전쟁터라지만 독화만 따라다니면 위험할 게

없다니까.'

이와 같은 생각이 있으니 그의 표정은 전과 달리 당연히 밝을 수밖에 없었다.

피이잇!

순간, 어디선가 벼락같이 세 대의 화살이 비무기를 향해 날아들었다.

"헉! 누, 누님!"

비무기는 화들짝 놀라 소리쳤다.

슈팟!

그러자 독화의 우수가 허공을 갈랐다. 비무기를 향해 날아오던 화살들이 방향을 바꾸며 더욱 빠른 속도로 중원군을 향해 날아갔다.

콱! 콱!

"으악!"

세 명의 중원 병사가 화살에 맞고 쓰러졌다. 전혀 예상치 못한 곳에서 날아온 화살이었으니 방어할 준비조차 못하고 그들의 신형은 바닥을 굴렀다.

"고… 고맙습니다, 누님."

비무기는 독화를 향해 어색하게 미소를 지었다.

"네놈은 싸우지도 않을 거면서 뭣하러 내 뒤만 졸졸 따라다니는 거냐? 싸우기 싫으면 성가시게 하지 말고 멀찌감치 뒤로 물러나 있어."

"헤헤… 누님, 명색이 거기장군인데 그럴 수야 없죠."

"임마! 장군이면 뭐 해, 전혀 싸울 생각도 없으면서?"

"처남 자식이… 아니, 도로곤 대장군이 볼 수도 있잖습니까? 그래서 목소리라도 크게 내고, 괜히 열심히 싸우고 있는 척을 하는 거죠. 우리

처남 성질이 좀 더럽거든요. 매제라고 뭐 봐주는 것도 없고……."

"쯧쯧… 딱한 놈. 남의 눈치나 보면서 왜 그렇게 사나?"

독화가 어이없다는 표정으로 혀를 차자 비무기는 멋쩍은 듯 얼굴을 붉적거렸다.

"그러게요. 제가 만약 누님처럼 무공이 고강했다면 절대 그런 일은 없었을 텐데 말입니다. 헤헤……."

그러나 비무기는 더 이상 안전 지대에서 여유롭게 입으로 전쟁을 치를 수가 없게 되었다. 멀리서 도로곤이 그를 향해 오라고 손짓하고 있었기 때문이다.

'쓰벌… 저 망할 새끼는 열심히 싸우고 있는 사람에게 느닷없이 왜 오라고 하는 거야?'

얼굴은 휴지처럼 한없이 구겨지면서 속으로 투덜거렸지만, 어쩔 수 없이 시키는 대로 할 수밖에 없는 비무기였다.

비무기가 독화의 곁을 이탈하는 그 순간,

"와아아!"

요란한 함성과 중원군이 그들 앞으로 몰려들었다. 군복을 입지 않은 것으로 보건대 무림에서 지원을 나온 중원의 무사들로 보여졌다.

"흥!"

독화는 냉냉한 콧방귀를 끼면서 손바닥을 펼치며 장력을 격출했다.

콰우우웅!

불같은 장력이 그녀의 장심에서 쏟아졌다.

펑! 퍼펑!

"으악!"

중원의 무사들은 미처 칼 한 번 제대로 휘둘러 보지도 못하고 정신

없이 나가떨어졌다.

멀리서 그 모습을 지켜보던 아미파 장문인 대처신니는 크게 당황했다.

"아… 아니? 저 여인은……?"

그러자 곁에 서 있던 황보철명 대장군이 의아한 표정으로 그녀를 바라보았다.

"아는 여인입니까?"

"도… 독화, 제 기억이 틀림없다면 저 여인은 오십 년 전 강호에서 사라진 독화 예군영입니다."

"……!"

황보철명은 경악했다.

관에 몸을 담고 있는 황보철명도 독화라는 이름만큼은 익히 들어서 알고 있었다.

"저 여인이 정녕 지난날 무림 최강의 고수라 불리었던 그 독화란 말입니까?"

"그렇습니다. 분명히……."

"한데 어찌하여 저들 편에 서서 아군을 헤치고 있단 말입니까? 독화 역시 자신의 몸속에는 중원의 피가 흐를 테거늘……."

"빈승이 한번 연유를 알아보겠습니다."

말과 함께 육중한 대처신니의 몸이 마치 바람처럼 허공으로 날아올랐다.

"독화, 그만 중단하십쇼."

커다란 고함 소리와 함께 중원군을 미친 듯이 헤치고 있는 독화 앞에 대처신니의 신형이 벼락처럼 떨어졌다.

"뭐냐?"

독화는 싸늘하게 대처신니를 쳐다보았다.

"빈승은 아미의 장문인인 대처신니라 합니다."

대처신니는 정중하게 합장을 하며 인사했다.

"그래서?"

"독화 선배의 몸속엔 분명 뜨거운 중원의 피가 흐르고 있을지인데 어찌하여 적군의 편에 서서 우리 중원의 병사들을 헤치고 있는 것인지요?"

"내가 왜 너 따위에게 그런 것까지 얘기해야 하지?"

독화는 독살스런 시선으로 대처신니를 쏘아보았다.

"비켜라! 나를 막는다면 누구든지 용서하지 않을 것이다."

"그럴 수는 없소이다. 선배가 무슨 생각으로 오랑캐의 앞잡이가 되었는지는 모르겠지만 당신이 우리의 형제에게 잔인한 손속을 펼치는 것을 더 이상 용납하지 않겠소이다."

대처신니는 단호한 표정을 지었다.

"흥! 너 따위가 감히 나를 막겠다고? 어디 능력이 있으면 해보라구."

차가운 냉갈과 함께 독화의 손에서 거무스름한 경기가 폭죽처럼 피어올랐다. 만파천독수(萬破天毒手)라는 사천당문의 절예였다.

"좋소. 빈승 역시 늘 전설로 남아 있던 당신과 한 번쯤 승부를 겨뤄보고 싶었소이다."

대처신니는 급히 진기를 끌어 모으며 쌍장을 날렸다. 아미파 일대 종사인 보상신니(寶相神尼)가 금정불광의 변화를 깨우치며 창안했다는 금매학장(金梅鶴掌)이었다.

콰우우웅!

주위가 온통 휘황찬란한 금광과 거무튀튀한 강기의 소용돌이에 휘말렸다.

콰콰쾅!

갑자기 귀청이 떨어질 듯한 엄청난 굉음과 함께 일대 격전이 벌어지고 있는 평원 전체가 마치 지진을 만난 듯 흔들렸다.

그 가공할 위세에 싸우던 양측의 병사들이 자신도 모르게 고개를 돌려 바라보았다.

"커헉!"

대처신니는 격한 신음과 함께 처음의 위치에서 삼 장 정도 뒤로 주르르 밀려난 채 몸을 휘청거렸다. 그녀의 낯빛은 유령처럼 창백했고 입가에는 가느다란 선혈이 흘러내렸다. 일견하기에도 적지 않은 내상을 입었다는 것을 알 수 있었다.

반면, 독화의 모습은 전혀 달라진 게 없었다.

"여, 역시 한때 천하제일인이란 칭송을 듣던 독화답구려. 하나… 아무리 그렇다 해도 빈승은 오랑캐의 주구가 된 당신을 절대 용서할 수가 없소."

대처신니는 입술을 질끈 깨물며 이번엔 선제공격을 시작했다.

"호오~ 회복하기 힘든 내상을 입었음에도 불구하고 불나방처럼 달려들다니… 끝을 보자 이거로군."

녹화는 낯빛을 딱딱하게 굳힌 채 피하지 않고 양손을 기이하게 구부리며 마주쳐 갔다.

한창 격전이 벌어지고 있는 전장이건만 두 절세고수가 벌이고 있는 현장 주위로는 그 어느 누구도 침범을 못하고 있었다.

그만큼 그녀들의 기세는 강맹했고, 멋모르고 근접했다가는 주변을 휘감는 강기에 의해 자칫 생명이 위험할 수도 있었기 때문이다.

꽝! 꽈꽝!

재차 귓청이 떨어지는 듯한 폭음이 울려 퍼졌다.

"으아악!"

처절한 비명과 함께 대처신니의 육중한 신형이 허공에 떠오르더니 한없이 뒤로 곤두박질을 쳤다.

쿵!

그녀의 몸은 육중한 소리를 내며 바닥에 처박혔다. 그리고 그녀의 입에선 더 이상 어떤 얘기조차 흘러나오지 않았다.

'크윽… 성질은 더러워도 무공만큼은 끝내준다니까.'

비무기는 흐뭇한 미소를 지었다.

그러나 반면에 아미의 여제자들은 눈이 뒤집혔다.

"용서하지 않겠다. 장문인의 복수는 우리가 하겠다."

"와아아!"

우레와 같은 함성과 함께 검을 든 아미파의 여승들이 일제히 독화를 향해 달려들었다.

그 순간,

"……!"

독화의 눈이 번쩍거렸다.

자신을 향해 달려드는 아미의 제자들 너머로 녹의 무복을 입고 금마국 병사들을 향해 암기를 날리고 있는 무림인들이 그녀의 시야에 들어왔다.

'사천당문… 비황석(飛蝗石)…….'

그렇다.

녹의 무복을 입은 이들은 사천당문의 제자들이었으며 그들이 날리고 있는 암기는 당문의 독문암기인 비황석이었다.

독화의 눈동자 가득 살기가 이글거렸다.

빠빠빠빠빡!

그녀는 자신을 향해 몰려드는 아미의 여승들 중 선두에 있는 몇 명을 간단히 제압하고 허공으로 도약했다.

"하아앗!"

송곳 같은 기합성과 함께 그녀의 신형은 아미의 여승들을 넘어 사천당문의 제자들을 향해 쏜살같이 달려갔다.

쐐쐐쐐쐐!

그와 동시에 마치 소나기가 내리는 듯한 음향과 함께 그녀의 열 손가락에선 열 줄기의 강맹한 지풍이 격출했다.

"헉!"

당문의 제자들은 자신들을 향해 벼락처럼 떨어지는 지풍에 경악했다.

"으아악!"

"크아아악!"

*   *   *

시어머니께서 임종을 앞두고 숙모님을 애타게 찾고 있다는 얘기에 어쩔 수 없이 당문에서 보낸 사람들을 따라나섰습니다.

저의 할머니께서 유난히 숙모님을 어여삐 여기셨기에 아무리 속세와 인연을 끊은 숙모님이셨지만 시어머니의 마지막 바람만큼은 외면할 수가 없었던 거죠.

그때 숙모님께선 노선배님께 당문에 잠시 다녀오겠다는 편지를 남기셨습니다. 그러나 그 편지는 당문에서 보낸 또 하나의 인물이 몰래 들어가 없애 버렸다고 합니다. 그 이유는 숙모님이 잠시 당문에 다녀오겠다는 글을 남기고 만약 돌아오지 않으면 노선배가 분명히 찾으러 올 테니, 그게 두려웠겠죠.

시어머니를 뵙기 위해 당문으로 돌아온 숙모님은 결국 함정에 빠지게 되었습니다. 당시 문주이신 제 아버님을 비롯하여 원로들은 숙모님을 응징하겠다고 생각하셨으나 숙모님의 무공이 워낙 고강했기 때문에 그와 같은 꾀를 내었다고 합니다.

졸지에 함정에 빠진 숙모님은 중완혈과 기해혈을 파괴당해 두 번 다시 내공을 끌어 모을 수 없게 되었고, 게다가 당시 임신한 아기를 낙태시킨 것은 물론 두 번 다시 다른 남자와 깊은 관계를 맺을 수 없도록 자궁까지 드러냈습니다.

정말 끔찍한 만행이었죠.

그렇게 숙모님의 몸을 엉망진창으로 만들어놓은 후에 쫓아보냈습니다. 한때 당문의 안주인이었던 숙모님이었기에, 그리고 아기와 여인의 성징까지 잃은 몸으로 차마 노선배에게 돌아가진 않을 것 같기에 목숨만은 끊지 않았다더군요.

노선배님.

돌아가신 저의 아버님과 여러 어른들께서 저지른 짓이지만 그 책임은 이제 현 당문의 문주인 제가 치를 수밖에 없습니다.

저를 응징하여 주십시오. 그 대신 저희 당문과 아무것도 모르는 형제들은 용서해 주셨으면 합니다.

크흐윽! 노선배님······.

*   *   *

모두가 전장으로 출동한 썰렁한 중원군의 진지.

그곳으로 되돌아온 전령의 급한 보고를 들은 무천표는 크게 경악했다.

"형님! 형님!"

무천표는 막사 안으로 뛰어들며 여전히 술에 취한 모습으로 정신없이 자고 있는 광마불을 깨웠다.

드르르릉··· 푸우우······.

그러나 광마불은 여전히 잠에 취한 듯, 연신 막사가 들썩거릴 정도로 코를 골고 있었다.

"형님, 어서 눈을 떠보시라니까요. 독화 형수가 나타났단 말입니다."

무천표가 광마불의 귀에 대고 고막이 터져라 크게 소리쳤다. 그러자 광마불은 마치 관 속의 강시처럼 벌떡 몸을 일으켰다.

"뭐··· 뭣이라?"

언제 잠에 취해 있었냐는 듯 광마불은 눈을 크게 뜨고 무천표를 응시했다.

"지금 뭐라고 했냐? 누가 나타났다고?"

"독화 형수가 지금 적도의 편에 서서 우리 아군들을 무참히 박살 내고 있다고 합니다. 다른 사람도 아닌 형수가 말입니다."

"도, 독화······."

광마불의 눈에는 이슬이 고였다. 오십 년 동안 기다려 온 사랑이 바로 눈앞에 있다는 사실만으로도 감격이 밀려왔다.

"푸하하하… 독화! 독화!"

광마불은 크게 웃음을 터뜨리며 즉시 막사를 뛰쳐나갔다. 그리고 마치 빛과 같은 속도로 전선을 향해 날아갔다.

"……?"

무천표는 멀뚱한 표정을 지으며 사라져 가는 광마불의 뒷모습을 쳐다보았다. 그리고는 옆에 있는 전령에게 물었다.

"전령아! 네가 보기엔 어떠냐? 지금 저 모습이 도저히 몸도 가누지 못할 정도로 일주야씩 술만 퍼마신 사람의 경신술이라고 믿을 수 있겠냐?"

한마디로 어이가 없다는 얘기였다.

"으아악!"

"크악!"

목이 꺾이거나 몸에서 분리가 되며 사위로 핏물을 흩뿌리는 사천당문의 제자들.

그들을 상대하고 있는 독화의 손속은 무자비하기 그지없었다.

"……."

그 모습을 바라보는 당진걸의 가슴은 찢어지는 것 같았다.

오십 년 만에 나타난 독화.

내공을 모두 잃은 그녀가 천하를 호령했던 예전 그 모습 그대로 부활하여 다른 사람도 아닌 바로 자신이 한때 문주의 아내로 몸을 담았던 당문의 제자들을 미친 듯이 살해하고 있는 것이었다.

그것도 단순한 복수가 아닌 서로 적군이 되어 전장의 한복판에서 이와 같은 일이 벌어지고 있었으니…….

침통한 표정으로 묵묵히 바라보던 당진걸의 입이 열렸다.

"당문의 제자들은 그만 모두 물러서라!"

쩌렁한 일갈이 터지자 당문의 제자들은 대항을 중단하고 양 옆으로 비켜났다. 그리고 그 사이로 당진걸이 천천히 걸어나오며 독화 앞에 우뚝 섰다.

"네놈이 현 당문의 문주냐?"

독화는 살기로 가득 찬 시선으로 당진걸을 노려보았다. 그러나 당진걸은 포권을 하며 정중히 허리를 숙였다.

"오십 년 만에 뵙겠습니다, 숙모님."

"숙모님……?"

독화는 눈썹을 꿈틀거렸다.

"그렇다면 네놈이 당세출의 아들……?"

"그렇습니다."

"네 아비 당세출은 어디 있느냐?"

"이미 삼 년 전에 돌아가셨습니다. 그리고 지난날 숙모님께 몹쓸 짓을 했던 장로들 역시 지금은 모두 고인이……."

"이놈! 헛수작 부리지 마라!"

차가운 냉갈과 함께 독화의 손에서 엄청난 장력이 쏟아졌다.

퍼펑!

장력은 당진걸의 가슴에 격중되었다.

"으윽……!"

묵직한 신음과 함께 당진걸은 멀찌감치 뒤로 나가떨어졌다.

"아니?"

당문의 제자들은 자신들의 문주가 곤경에 처하는 모습을 도저히 볼 수가 없는 듯 눈에 핏발을 세우며 독화를 향해 돌진할 태세였다.

그러나 흥분한 독화에게 그들의 움직임 따윈 눈에 들어오지 않았다.

"이놈! 감히 나를 기만하려 들어? 내가 이렇게 시퍼렇게 살아 있는데 그놈들이 벌써 죽었다고? 그럴 리는 없다. 어서 그놈들을 나오라고 해! 어서!!"

펑! 펑!

이성을 상실한 듯 독화는 쓰러져 있는 당진걸을 향해 계속 살수를 펼쳤다. 그러나 당진걸은 피하려 들지 않았다. 독화가 발출하는 장력을 묵묵히 온몸으로 받았다.

"독화! 멈추시오ー!"

쩌렁한 외침과 함께 한 인물이 마치 빛살처럼 장내에 떨어져 내렸다.

핏발이 선 듯한 붉은 눈에 치렁한 산발머리를 한 초라한 노인.

바로 광마불이었다.

"……?"

독화는 잠시 의아한 표정으로 광마불을 바라보았다.

광마불은 희미하게 미소 짓고 있었다.

독화의 얼굴이 점점 딱딱하게 굳어져 갔다.

"서, 설마……?"

"독화… 당신은 오십 년 전이나 지금이나 전혀 달라진 게 없구려."

"설마… 지광님……?"

지광 대사는 광마불이 소림 장로 시절의 법명이었다. 그가 파계를 한 이후 온갖 기행을 벌이자 세인들은 광마불이라 했으나 그녀만큼은 소림의 법명을 그대로 불러주었다.

"그렇소. 지광이오. 오십 년 동안 단 한순간도 잊지 못한 채 당신이 돌아오기만을 기다렸던……."

주르륵…….

목이 메어 차마 더 이상 말을 잇지 못한 채 광마불의 눈에서 뜨거운 눈물이 흘러내렸다.

"지, 지광님……."

광마불을 바라보는 독화의 눈에서도 눈물이 쏟아졌다.

"나를… 나 같은 여자를 오십 년씩이나 기다리다니… 바보 같은 사람……."

"그걸 몰라서 묻소?"

광마불은 양팔을 벌리며 미소 지었다.

독화의 눈이 크게 흔들렸다.

얼마나 안기고 싶었던 정인의 품이었던가?

얼마나 그리웠던 정인의 가슴이었던가?

하지만… 독화는 이내 그의 시선을 외면한 채 고개를 돌렸다.

"미안해요, 지광님……. 전 이제 당신을 사랑할 수 없어요. 그럴 자격도, 그럴 가치도 없는……."

"자격이라니? 아기를 잃고, 여성으로서 성징을 잃었기 때문에 그런 얘길 하는 거라면 집어치우시오."

쿵!

광마불이 버럭 화를 내는 소리에 독화의 심장이 철렁거렸다.

"그, 그것을 당신이 어떻게……?"

"그런 건 중요한 게 아니오. 중요한 것은 당신이 없는 세상은 내게 지옥이었다는 것이오."

"……"

"난 과거에도 그랬고 지금도 당신을 사랑하오. 당신에게 불행이 있다면 그 불행까지도 나의 몫이오."

"지… 지광님……."

주체할 수 없이 흘러내리는 눈물과 함께 독화는 광마불의 품으로 뛰어들었다.

와락!

오십 년 만의 포옹!

광마불은 이 순간을 위해 오십 년이란 세월을 기다렸고, 그 오랜 기다림 끝에 결국 독화를 만났다.

그들은 이곳이 전장의 한복판이라는 것도 잊은 채, 서로가 서로의 육신을 으스러지도록 끌어안았다. 두 번 다시는 절대 떨어질 수 없다는 듯 너무도 격렬하게…….

그 순간,

번쩍!

벼락같은 한줄기 빛이 허공을 갈랐다.

"……!"

광마불의 얼굴이 딱딱하게 굳어졌다.

누군가가, 그것도 상당한 무공을 갖춘 극강의 고수가 전혀 방어의 태세가 갖춰져 있지 못한 광마불의 등판을 향해 도강을 발출한 것이었다.

"도… 독화……."

광마불이 입가에 피를 흘리며 독화의 품에서 천천히 무너졌다.

"지… 지광님. 지광님!"

독화는 경악하며 쓰러지려는 광마불을 움켜 안았다. 그리고는 도강이 발출한 곳을 향해 무섭게 고개를 들었다.

마상에 앉아 있는 도로곤의 모습이 시야에 들어왔다.

"네… 네놈이냐?"

음성을 발하는 독화의 입술이 부들부들 떨렸다.

도로곤은 그녀의 심리 상태 따위는 상관없다는 듯 차갑게 입을 열었다.

"독화! 그자는 우리가 처치해야 할 가장 큰 공적이오."

"공적?"

"덕분에 뜻밖으로 쉽게 가장 큰 걸림돌을 제거했으니 사소한 감정에 흔들리지 말고 어서 금마국의 승리를 위해 몸을 던져 주시오."

"빠드득! 그걸 지금 말이라고 지껄이는 거냐?"

독화는 무섭게 흥분하며 우수에 공력을 모았다. 도로곤을 박살 내버릴 듯한 기세였다.

"독화! 동작 그만."

귀에 익숙한 음성이 그녀의 고막을 때렸다.

비무기였다. 그는 요수련을 인질로 잡고 있었다.

"대장군이 시키는 대로 하는 게 좋을 거요. 그렇지 않으면 이번에는 수련이가 죽을 것이오."

비무기는 요수련의 목 앞에 칼을 겨눈 상태로 독화가 섣불리 행동할 수 없도록 강요했다.

"이… 이런 치사한 새끼. 동생을 인질로 잡다니… 네가 그러고도 의

남매냐?"

인질이 된 요수련은 치를 떨며 분노했다.

"수련아, 미안하다. 나도 굳이 이런 짓까진 하고 싶지 않았지만, 어쩌겠냐? 이렇게라도 해서 성공할 수 있다면 하는 거지. 안 그래? 크크 큭……."

비무기는 득의만면한 미소를 흘렸다.

누구보다도 성공에 대한 집념이 컸던 비무기였기에, 욕을 먹어도 출세만 할 수 있다면 그 어떤 일도 상관없다는 표정이었다.

그러나 그 순간,

"이런 비겁한 새끼!"

차가운 일갈과 함께 도광이 허공을 갈랐다. 너무도 번개 같은 쾌도(快刀)였다.

파앗!

피분수가 솟구치는 것과 동시에 비무기의 목이 그의 육체에서 이탈되었다.

쿵! 데구르르…….

비무기의 머리가 바닥을 굴렀다. 그는 자신의 죽음이 믿어지지가 않는 듯 눈을 크게 뜨고 있었다.

갈포악!

한때 중사 땅에서 결의 사남매를 맺은 갈포악이 비무기의 목을 날려 버렸던 것이다.

"비열한 새끼. 아무리 출세에 환장해도 그렇지, 의로 맺은 동생을 인질로 잡아?"

그가 험악하게 인상을 긁자 곁에 서 있는 마인귀도 따라서 씩씩거렸다.

"젠장! 아무리 출세도 좋지만 더 이상은 비무기와 같은 새끼처럼 제 나라 팔아먹은 오랑캐의 앞잡이 노릇을 안 하련다. 나와 내 아우 갈포 악은 이제부터 중원군에 서서 싸우겠다."

"와아아!"

그의 외침이 터지자 중원의 병사들은 환호했고, 그들처럼 금마국의 편에 섰던 사파 무림인들은 크게 흔들리기 시작했다.

그리고 그들의 흔들리는 결심을 굳혀주는 사건이 발생했다.

"네놈은 내 손으로 직접 처리하겠다."

싸늘한 외침과 함께 독화의 신형이 한 마리의 붕새처럼 허공을 날며 도로곤의 머리 위로 떨어져 내렸다.

"헉!"

도로곤의 눈은 크게 확대되었다.

츄츄츄츳

세상이 온통 그녀의 손가락으로 덮여 버린 듯한 착각이 들 정도로 수많은 독수리의 발톱과 같은 것들이 사방에서 도로곤의 숨통을 노리 며 짓쳐 들었다.

그 위력이 어찌나 가공스러웠던지 도로곤의 전신은 독수리 발톱처 럼 섬뜩한 그녀의 손가락 아래 완전히 노출되어 금세라도 피를 뿌리며 쓰러질 것만 같았다.

하지만 도로곤 역시 금마국에서 열 손가락 안에 드는 고수였다.

타타탓!

도로곤은 말과 함께 움직이며 자신을 향해 쳐들어오는 수많은 조 영(爪影)을 도로 쳐냈다.

바로 그 순간, 독화의 우수가 허공을 갈랐다.

버— 번쩍!

그것은 하나의 빛이었고 번개였으며 벼락이었다.

너무도 빠른 속도, 강맹한 위력.

제아무리 도로곤이 산전수전을 다 겪은 용장이며, 금마국에서 손꼽히는 고수라 할지라도 그것을 막아내기엔 역부족이었다.

빠콰쾅!

육중한 파육음과 함께 놀라운 일이 벌어졌다.

장력에 격중당한 도로곤의 머리가 형체없이 부서지고 만 것이다.

"와아아아!"

다시 한 번 중원군의 우레와 같은 함성이 울려 퍼졌다.

그리고 방향을 못 찾고 잠시 망설이던 사파의 고수들에게 결심을 굳히게 만들었다.

"그래, 우리가 왜 오랑캐를 위해 싸워야겠냐?"

"아무리 못마땅해도 어차피 우리가 태어난 조국이다. 지금부턴 우리의 조국을 위해 싸우겠다."

사파인들 모두가 방향을 틀어 금마국 병사들을 도륙하기 시작했다.

"으아악!"

"크악!"

금마국 최고 지휘관도 죽고, 사파인들도 중원군으로 돌아섰다. 승부의 추는 이미 중원군으로 확실하게 기울어 버렸다.

"도, 독화……."

광마불의 손이 허공을 떠다녔다.

독화는 그 손을 두 손으로 뜨겁게 감싸 쥐었다.

"지광님……."

"아무리… 회자정리(會者定離)라지만… 오십 년 만에 당신을 만났는데… 하룻밤도 같이 못 보내고… 또 이렇게… 이별해야만 하다니… 내가 부처님께 죄를 져도… 정말 단단히 진 모양이오……."

"안 돼요. 전 당신을 절대 보낼 수 없어요. 절대……."

"독화… 죽기 전에… 당신을… 이렇게 만날 수 있었다는 게… 그리고… 당신의 품에서 이승을 떠난다는 게… 그나마 조금은… 행운이었던 것… 같구려……. 하아… 하아……."

광마불의 숨소리가 거칠어지며 그의 동공이 풀어지기 시작했다.

"지광님, 안 돼요. 지광님!"

독화는 그의 손을 더욱 굳게 움켜쥐며 오열했다.

"하아… 당신을 사랑했소……. 눈을 감는 이 순간까지… 아니… 죽어서도… 난… 당신을… 사랑할… 것… 이… 오……."

스르륵!

천천히… 광마불의 고개가 옆으로 꺾어지고 말았다.

광마불!

무림 최대의 기인이자, 무림 최고의 순정파였던 광마불은 그토록 사랑했던 독화의 품에서 조용히 눈을 감았다.

"지… 지광님……!!"

독화는 차갑게 식어가는 광마불의 시신을 끌어안은 채 오열하고 말았다.

그리고 또 한 사람.

"크흐흑… 형님!"

뒤늦게 형제의 연을 맺었지만, 친형제 이상으로 뜨거운 정을 나누었던 무천표의 가슴도 천 갈래 만 갈래로 찢어지고 있었다.

"으아아아아! 이 새끼들 모두 죽여 버릴 테다. 모두… 모두―!"

그는 피눈물을 뿌리며 치솟는 울분과 분노를 분출하듯 적진의 한복판으로 뛰어들며 미친 듯이 격전을 벌였다.

그 역시 광마불을 이렇게 갑작스럽게 떠나보낼 준비가 너무도 안 되었던 탓에 그 죽음을 인정할 수가 없었고…

그랬기에 그는 자학하듯 미친 듯이 적들을 궤멸해 나갔다.

산서 전선의 전투.

광마불은 비록 죽고 말았지만, 그 승부는 그가 지키고자 했던 중원군의 승리로 굳어지고 있었다.

*   *   *

밤.

하늘에는 만월이 교교한 빛을 뿌리고 있는 그런 밤이었다.

그러나 산동 전선에선 여전히 치열한 접전이 벌어지고 있었다.

"……."

전장이 바라보이는 어느 언덕 위.

하남 전선에서 승리를 거둔 직후 곧바로 사흘 밤낮 동안을 쉬지 않고 이곳으로 달려온 무대붕과 개방인들. 그들은 언덕 위에 멈춰 선 상태로 전장의 상황을 한참 동안 지켜보고 있었다.

"신 단주."

무대붕은 적들의 진형을 계속 응시하며 입을 열었다. 그러자 정통단주인 신문팔이 그의 곁으로 다가왔다.

"말씀하십쇼, 각하."

"이곳에서 보니 적도들이 여덟 개의 방향에서 매우 조직적이며 체계적으로 움직이는 것 같은데 당신의 느낌은 어때?"

"동감입니다."

"내가 보기엔 다른 곳은 다 튼튼해 보여도 후진이 상당히 허술한 것 같군. 저길 치면 쉽게 승부가 날 것 같은데……."

"헉! 그것을 어떻게 한눈에 알아보십니까?"

신문팔은 놀란 눈으로 무대붕을 응시했다.

"왜 놀래? 허술해 보여서 그렇게 얘기한 건데?"

"그렇습니다. 이곳에서 보니 적들이 지금 펼치고 있는 전술은 팔문금쇄진(八門金鎖陣)입니다."

개방인들 중에서 유일하게 병서를 탐독했던 신문팔은 감탄하는 표정으로 대답했다.

"팔문금쇄? 그게 뭔데?"

"휴(休), 생(生), 상(傷), 두(杜), 경(景), 사(死), 경(驚), 개(開) 등 여덟 문으로 생, 경, 개 사문으로 가면 길하죠."

"……"

"그러나 상, 휴, 경 삼문으로 들어갈 때는 반드시 상해를 입고, 두와 사문으로 뛰어들면 어김없이 쇠멸하고 만다는 진형입니다."

신문팔은 자신이 알고 있는 병서의 이론대로 설명을 하였다.

하지만 무대붕에겐 팔문이니 생문이니 하는 얘기는 귀에 들어오질 않았다. 어려운 얘기는 일단 거부감부터 느끼고 받아들이려고 하지 않는 게 그의 타성이었기 때문이다.

"내가 생각하기엔 먼저 저쪽……."

무대붕은 어딘가를 손가락으로 가리켰다.

"그곳이 생문입니다."

"생문인가 하는 그곳을 먼저 뛰어 들어가서 저기 저쪽으로……."

"그곳은 경문입니다."

"그 경문인가 하는 곳으로 휘젓고 나오면 적들이 실오라기 풀리는 옷가지처럼 혼란에 빠질 것 같은데… 어때, 당신 생각은?"

"가, 각하……?"

신문팔은 입을 쩍 벌리며 넋 나간 표정으로 무대붕을 쳐다보았다.

"생각이 어떠냐는데 뭘 그렇게 쳐다봐?"

"마, 맞습니다. 병서에 나와 있는 파해법 그대로입니다."

신문팔은 까막눈인 무대붕이 어려운 병서에 나와 있는 팔문금쇄진의 파해법을 꿰뚫어 본다는 사실이 어찌나 놀라운지 손바닥까지 치며 호들갑스럽게 감탄을 했다.

언젠가 광한은 담일기에게 무대붕을 추천하는 서찰에 이렇게 얘기했다.

수재는 분석이고, 천재는 직관이라고!

자신과 같은 사람은 분석을 통해 전략을 수립하지만, 무대붕은 타고난 직관으로 전략을 짤 수 있는 사람이라며 글자도 깨우치지 못한 무대붕을 그렇게까지 극찬을 했었다.

"환규야!"

무대붕은 고개를 돌려 소리쳤다.

"왜?"

"지금 즉시 청무걸단과 비룡여걸단을 이끌고 동남쪽으로 돌격해라.

서쪽으로 계속 적을 치고 들어가는 거야. 알겠냐?"

"알앗더!"

환규는 곧바로 말에 올라탔다. 그리고 마치 산전수전 다 겪은 용장처럼 기형도를 높이 쳐들며 멋지게 소리쳤다.

"텅무걸단과 비룡여걸단은 나를 따르라!"

콰두두두!

개방의 정예들이 환규의 뒤를 따라 언덕 아래로 질주하기 시작했다.

무대봉의 시선이 이번엔 가옥에게로 옮겨졌다.

"난 지금 전투가 벌어지고 있는 중심부로 달려갈 테니까 환규가 적의 진형을 무너뜨리는 즉시 총공격을 하도록 해라."

"알았어요. 대신 조심하세요."

"녀석… 내 걱정하지 말고 너나 조심하라구."

무대봉은 가옥의 어깨를 다독이며 빙긋 미소 지었다.

피이이잇!

그리고는 언덕 위에서 곧바로 몸을 날렸다.

마치 날아가는 화살처럼…….

콰두두두…….

차차앙!

"으아악!"

비명을 지르는 이 중원의 무사들이요,

털썩! 쿵…….

땅에 쓰러져 나뒹구는 이 또한 중원의 병사들뿐이었다.

그리고 순식간에 산을 이룬 시체 더미의 끝에 선 철갑 기마대와 중원의 정예병들 간에 목숨을 건 혈전이 끝을 향해 치닫고 있었다.

"크아아악!"

비명은 하늘에 사무치고……

채앵! 카카캉!

맞부딪치는 병장기들은 어두운 야공에 불꽃처럼 명멸하다가 사라져갔다.

이제 산동 전선의 최후의 방어진이 함락되는 건 결정된 현실이었고 남은 건 시간문제일 뿐이었다.

그런데 바로 그때,

와아아아!

요란한 함성과 함께 금마군의 후미가 요동을 치기 시작했다.

"이놈들아! 우리가 왔다. 위대한 개방의 던다(전사)님들이 오셨딴 말이다!"

슈콰콰콱!

환규가 거침없이 금마군의 후미를 휘젓고 돌진해 나가자 단우장팔이 이끄는 청무걸단과 묘순이 이끄는 비룡여걸단은 좌우로 퍼지며 적을 유린했다.

"좌우로 나뉘어도 우리가 나아갈 방향은 일직선이다. 걸리적거리는 놈들은 모두 베어버려라."

콰두두두…….

파파파팟!

"아, 아니?"

총지휘관인 오록호리는 크게 당황했다.

난데없는 침입자들에 의해 조직적으로 움직이던 전열이 급격히 무너지고 있다는 것을 느꼈다.

"대, 대체 어떤 놈들이……?"

그러나 그의 음성은 더 이상 이어지질 못했다.

슈우웃!

이때까지 단 한 번도 들어본 적이 없었던 괴이한 음향이 울려 퍼지는가 싶더니 돌연 푸른 녹광이 허공을 가르는 것과 동시에 육중한 파육음과 함께 비명이 이어졌다.

콰쩍!

"으아악!"

놀라운 일이었다.

한 번 녹광이 번뜩일 때마다 철갑 기마대의 대원과 말이 한꺼번에 박살나며 쓰러졌다.

"으악!"

"으아악!"

이끼가 낀 듯한 녹색의 몽둥이로 무적의 철갑 기마대를 완벽하게 유린하고 있는 사내.

그가 현란하게 몽둥이를 휘두르자 그동안 용맹한 모습으로 중원군을 괴멸시켰던 철갑 기마대는 마치 순한 양처럼 제대로 반항 한 번 하지 못하고 쓰러져 갔다.

그랬다.

무대붕은 마치 양 떼 속으로 뛰어든 늑대처럼 사납게 날뛰었다.

중원인들은 갑작스럽게 나타나 바람 앞에 등불처럼 흔들리는 이 땅을 구한 영웅이라고 입술에 침이 마르도록 무대붕을 칭송하고 있지만 그가 전선에서 싸우고 있는 이유는 오로지 하나,

광한의 복수 때문이었다.

죽는 순간까지 자신의 행복보다는 조국의 앞날을 걱정했던 광한을 위해서, 그의 복수를 위해서 무대붕은 전장에 뛰어들었고 개방 방주의 신물인 건곤타구봉을 굳게 쥐고 적군들을 온몸으로 부딪치며 싸워 나가고 있는 것이었다.

코칵!

"크아아악!"

그러나 그는 자신의 앞에 피를 토하며 맥없이 자빠지는 철갑기병들을 보며 묘한 자책감에 빠졌다.

복수를 하고… 그래서 적군들을 모두 쓰러뜨리면?

그렇게 하면 이미 떠난 광한이 다시 살아 돌아올 수는 있는 것일까? 나의 곁에, 그리고 공주와 그가 죽는 날 태어난 그 딸의 곁으로 다시 돌아올 수 있단 말인가?

"으아악!"

또 한 명의 철갑기병이 처절한 단말마의 비명을 토하며 그의 앞에서 죽었다.

죽은 이자에게도 가족이 있을 것이다.

어쩌면 이 전쟁에 참여하기 직전에 방금 자신의 손에 죽은 사자(死者)는 다정히 아내의 볼에 입을 맞추고 아이들의 고사리 같은 손을 잡고 흥겹게 콧노래를 불렀던 한 가족의 가장이었을지도 모른다.

혹시 오늘이 이 친구의 생일은 아니었을까?

아니면 아내나 자식의 생일?

그게 아니라면 무슨 기념일은 아니었을까?

왜 인간은 이와 같은 전쟁을 해야만 하는 것인가?

그리고 수많은 병사와 무사들이 전쟁에 참여하여 이렇게 원치 않는 죽음을 당해야만 하는 것인가?

왜? 무엇 때문에?

누구를 위해서? 무엇을 위해서……?

"으아아악!"

그러나 무대봉의 건곤타구봉은 여전히 허공에서 춤을 추었고, 철갑 기마대들은 사랑하는 가족들은 남겨둔 채 이 땅을 떠나야만 했다.

"이… 이놈!"

오록호리의 눈은 무섭게 불타오르고 있었다.

눈앞에서 자신과 함께 생사를 함께했던 철갑 기마대가 속절없이 쓰러지고 있는 것을 본다는 것은 마치 수족이 잘려 나가는 것과 같은 아픔이었다.

"와아아아!"

콰두두두두두…….

게다가 이번에는 더 많은 인마가 나타나더니 그렇지 않아도 갈팡질팡하는 금마군을 무참히 짓밟는 것이 아닌가?

가옥이 남은 모든 병력을 이끌고 이미 전열이 급속도로 붕괴가 된 금마군을 철저히 유린하기 시작했던 것이다.

"이, 이놈! 용서하지 않겠다."

두두두두…….

늙은 장군 오록호리는 더 이상의 분노를 감당할 수 없는 듯 방천화극을 쳐들고 미친 듯이 돌진하기 시작했다.

목전에 둔 승리였다.

산동 전선을 무너뜨린 후 병사들을 편히 쉬게 하고, 열심히 싸운 병사들과 함께 커다란 술잔을 쳐들고 크게 웃으며 노고를 치하하려고 했다. 그런데… 그 계획이, 그 꿈이 바로 눈앞에서 깨지고 말았다.

바로 무대붕과 개방인들에 의해서!

쑤와아앙!

실로 엄청난 강기가 방천화극에서 폭사되었다. 파공음만으로도 모골을 송연하게 했다.

팟!

무대붕은 지면을 박차고 허공으로 숫구쳤다.

그와 동시에 건곤타구봉을 움켜쥔 그의 우수에서 제마건곤무적절에 중 열세 번째 봉법인 만변봉화(萬變棒華)이 화려하게 펼쳐졌다.

슈콰콰쾅!

태산을 쪼갤 듯한 무지막지한 강기들이 허공에서 용트림을 하듯 부딪쳤다.

이히힝!

엄청난 강기의 소용돌이에 오록호리의 흑마가 거품을 물며 크게 요동쳤다.

"헉!"

오록호리의 중심도 어쩔 수 없이 크게 흔들렸다.

번쩍!

바로 그 순간 녹광이 허공을 수직으로 양단했다.

오록호리는 눈을 크게 까뒤집었다.

그의 미간을 중심으로 붉은 줄이 생겨나는가 싶더니…

퍽!

호박이 쪼개지는 듯한 음향과 함께 엄청난 피분수와 함께 뇌수가 쏟아졌다.

쿠웅!

결국 오록호리는 생사를 함께했던 자신의 애마에서 이탈되며 차가
운 바닥에 쓰러졌다.

와해된 팔쇄금문진.

그리고 오록호리의 죽음…

금마군은 하남과 산서에 이어 산동에서까지 패배하고 말았다.

제60장

빌어먹을! 나는 내가 원하는 대로 살고 싶었다

빌어먹을! 나는 내가 원하는 대로 살고 싶었다

─잘 있거라. 네가 있었기에
난 웃으며 죽을 수 있을 것 같구나.
물론 지금도 죽는다는 게 너무 원통스럽게는 하지만……

연경성.

동, 서, 북쪽의 삼면이 산으로 첩첩이 둘러싸여 있고 오직 정남방 한쪽만이 끝없이 펼쳐진 화북대평원으로 열려 있는, 방어하기엔 최적의 위치한 중원 제이의 거성.

그러나 일 년 전, 오환족이 이곳을 정복했듯… 빼앗긴 연경성을 되찾기 위해 엄청난 중원의 대군이 화북대평원 위로 모습을 드러냈다.

실로 엄청나기 이를 데 없는 진용이었다.

수많은 기(旗)와 창(槍)은 하늘을 뒤덮고 엄숙히 도열해 있는 인원의 수는 무려 오만 명이 넘었다.

하남 전선의 서문탁 대장군.

산서 전선의 황보철명 대장군.

산동 전선의 곽한승 대장군.

각 전선의 최고 지휘관들이 빼앗긴 연경성을 탈환하고 이

땅에서 금마국의 잔당을 모두 물리치기 위해 모든 정예 병력을 이끌고
왔다.

　게다가 한때 도로곤의 수하에 있었던 마인귀와 갈포악을 비롯한 사
파의 무리들까지 이번에는 중원군의 편에 섰고⋯ 중원의 영웅으로 등
장한 무대붕과 개방인들이 그 중심에 포진해 있었다.

　무림인으로서 이번 전투에 참여하지 않은 인물이 있다면 그것은 독
화뿐이었다.

　그녀는 누구보다도 금마국을 응징하고 싶은 마음은 간절했으나, 차
가운 땅속에 묻힌 광마불을 두고 떠날 수 없다며 자신은 정인의 무덤
을 지키겠다고 했다.

　그리고 요수련 역시 조국을 위해 몸을 던져 싸우는 무대붕에 대한
증오가 덧없게 느껴졌고, 자신을 구해준 독화의 곁에서 그녀와 함께 서
로의 아픔을 위로하며 남은 삶을 살겠다고 했다.

　세 곳의 전선에서 모두 승리를 거둔 중원군.

　반면 모두 패배를 하고 병력까지 잃은 금마군.

　그리고 거의 모든 병사들을 전선에 참여시킨 탓에 본성을 지키는 병
력은 그리 많지가 않은 입장이다.

　게다가 전쟁에서 가장 중요한 병사들의 사기 또한 중원군은 충만한
상태인 반면, 금마군은 완전히 가라앉은 입장이니 아무리 연경성이 천
험의 요새라 할지라도 이번 싸움은 결과가 이미 나와 있다고 봐도 과
언이 아닐 것이다.

　"무 방주."

　서문탁 대장군이 문득 무대붕을 향해 고개를 돌렸다.

　"모두가 무 방주의 명령만을 기다리고 있네. 어서 명령을 내리시게."

명령을 내릴 수 있는 권한.

그렇다.

각 전선을 지휘했던 세 명의 대장군이 모두 참여한 전쟁이며 모두 직급이 같았다. 하여 누가 총지휘를 하든 나머지 두 사람은 불만을 갖을 수밖에 없었기에 세 명의 대장군은 묘안을 냈다.

이번 전투의 총지휘권을 무대붕에게 맡기기로 말이다.

무대붕은 충분히 그만한 자격을 갖췄고 그가 존재하지 않았다면 전세는 지금과 반대가 되었으리라고 그들도 인정하고 있는 만큼, 파격이긴 하지만 어느 누구도 이의는 없었다.

'이제 저 성만 되찾으면 길고 긴 전쟁이 막을 내리게 되는 것인가?'

무대붕은 한동안 연경성을 응시했다.

그리고 천천히, 그러면서도 천지가 울리도록 쩌렁한 일성을 토했다.

"진격하라!"

대청.

연회장으로 사용되는 넓은 대청이었다.

그곳에는 검은 무복을 한 백여 명의 젊은 무사가 비장한 표정으로 우뚝 서 있었다. 그리고……

사각… 사각……

야율노극은 자신의 거처인 철패전이 아닌 이곳, 대청 안에서 차분한 모습으로 그의 독문병기인 파천혈도를 갈고 있었다.

"크큭… 결국 이렇듯 허망하게 끝을 맺는 것인가……?"

넋두리처럼 그는 씁쓸한 웃음을 토했다.

"……"

사공중필은 우려했던 최악의 순간이 도래했음을 느끼고 있기라도 하듯 굳은 표정으로 무겁게 입을 다물고 있었다.

"중원이란 땅을 얻기 위해서… 내 후손들에게만큼은 기름 진 땅에서 농사를 짓고 맘껏 식량을 재배하여 먹을 수 있도록 그렇게 만들고 싶었는데… 그게 그토록 무리한 욕심이었을까……?"

누구에게 묻는 것이었을까?

야율노극의 음성은 너무도 공허하게 대청 내의 공간을 울렸다.

"그 한 가지 목표를 위해 지난 이십 년간 남하를 하여 이곳까지 당도했는데… 그래서 중원을 곧 움켜잡을 것 같았는데……."

"……."

"타미루… 야율노극… 도로곤… 그리고 나와 함께 수많은 전투를 치뤘던 용맹했던 수많은 장수들과 병사들이 이미 모두 내 곁을 떠나버렸네."

야율노극은 옆에 놓여져 있는 술병을 들었다.

벌컥!

"크으……."

그는 입술을 훔치며 쓰디쓴 미소를 지었다.

"이제 이 술을 마시는 것도 이 순간이 마지막이라 생각하니 삶이란 게 너무도 허망하게 느껴지는군. 그동안 참으로 치열하게 살아온 것 같았는데 결국은……."

자조하는 듯한 그의 뇌까림이 울려 퍼질 때…

"폐하! 놈들이 곧 성을 넘어올 듯한 기세입니다. 어서 대피하십쇼."

늙은 환관이 다급한 표정으로 문을 열고 들어왔다.

"흐흐… 피하라고? 내 부하와 형제들이 모두 저세상으로 떠났는데 내가 갈 곳이 어딨겠느냐?"

"폐, 폐하……."

"자네나 어서 피하게. 무능한 황제 때문에 자네까지 희생당할 수야 없지 않은가?"

"크흐윽… 폐하……."

삶을 체념한 듯 그 자리에서 다시 한 잔의 술을 기울이는 야율노극의 모습을 보며 환관은 더 이상 어떤 말도 하지 못했다. 그저 뜨거운 피눈물만 흘릴 뿐이었다.

슈아앙!

콩! 콰앙!

수많은 석포가 망루와 성벽을 부수고, 중원의 군사들은 운제(雲梯)를 이용하여 벌 떼처럼 성을 오르고 있었다.

피이이잇!

그리고 그들을 엄호하기 위해 수많은 화살이 성루의 병사들을 향해 날아들었다.

"으악!"

"크아악!"

성루의 병사들의 가슴과 목, 심지어는 눈에까지 화살이 파고들었다.

"물러서지 마라! 물러서지 말고 적들이 성을 넘지 못하도록 임무를 완수하라!"

지휘관으로 보이는 애꾸가 고함을 지르며 병사들을 독려했다.

그러나 이미 중원의 군사들은 성벽을 타고 넘어오기 시작했고, 아래로는 거대한 석주에 의해 굳게 닫혀진 성문이 부서져 나가고 있었다.

콰쩌쩌쩍!

와아아!

마침내 성문이 부서지며 중원의 군사들이 성난 이리 떼처럼 몰려들기 시작했다.

"막아라! 끝까지 성을 지켜라! 성을 지키란 말이다!"

애꾸는 목이 터지도록 외치고 또 외쳤다.

그러나 중원의 군사들은 이미 기세가 꺾인 그들을 거침없이 베어나갔다.

와아아아!

중원군의 함성이 대청 안까지 들려오기 시작했다.

"크큭… 드디어 손님들이 성을 부수고 들어온 모양이구먼."

야율노극은 키득거리며 사공중필을 응시했다

"어째서 오늘과 같은 일이 발생했다고 생각하는가?"

"북궁월만 제거하면 손쉽게 승리할 수 있으리라고 판단했습니다."

처음으로 사공중필의 입술이 열렸다.

"그런데?"

"무대붕이란 인물을 전혀 계산하지 못한 게 결정적인 실수였습니다."

"하면? 이대로 패배를 받아들여야 한단 말인가?"

"되도록이면 많은 길동무를 데리고 함께 떠나려 합니다. 먼저 이승을 떠난 많은 동지들을 위해서라도……. 물론 그중에는 무대붕도 포함시켜야겠지요."

사공중필은 의미심장한 미소를 지었다.

야율노극은 그 미소가 무엇을 의미하는지 충분히 느낄 수 있었다.

"지난 두 달 동안 이곳을 최후의 만찬 장소로 만들겠다고 뭔가 일을 저지르는 것 같더니만, 모든 준비를 다 끝낸 모양이구먼."

"물론입니다."

사공중필이 단호하면서도 짧게 대답을 하는 순간,

와아아아!

"금마국의 황제가 바로 이곳에 있다."

요란한 함성과 함께 많은 중원군들이 대청 안으로 몰려들었다.

"백팔철검대여! 손님을 맞이하거라!"

마치 기다렸다는 듯 야율노극의 명령이 떨어졌다.

그러자 흑의청년들은 일제히 검을 뽑아 들며 중원군을 향해 돌진했다.

백팔철검대.

야율노극의 신변을 경호하는 경호대로서 모두 강호 일급 수준의 무공을 소유하고 있는 젊은 고수들이었다.

차차차창!

카카칵!

"으아악!"

창졸간에 대청 안이 격렬한 혈투의 장으로 변했다.

백팔철검대는 중원군, 정확히 말하자면 산서 전선에서 살아남은 각파의 무림인들과 개방인들을 상대로 전혀 밀리지 않고 맞대응을 했다.

개개인 모두 상당한 수준을 보유하고 있었고, 특히 펼치는 초식마다 패도적인 기운까지 내뿜었다.

그대로 두면 장기전으로 이어질 정도로 결코 만만한 승부가 아니었겠지만 중원군 속에는 무대붕이 있었다.

콰쾅!

"으아악!"

무대붕의 건곤타구봉이 푸른 녹광을 뿌리며 허공을 가르자 두 명의 백팔철검대가 한꺼번에 격한 비명을 토하며 나가떨어졌다.

무대붕은 자신의 앞을 막고 있는 백팔철검대를 제거하며 앞으로 돌진했다.

무대붕과 야율노극.

드디어 한 하늘을 이고 함께 공존할 수 없는 두 영웅이 만났다.

"그대가 무대붕이란 친구인가?"

"친구?"

"어리다는 소문은 들었지만 이 정도까지 새파랗게 어린 친구일 줄이야……."

야율노극은 다소 의외라는 표정을 지으면서도 시종 여유를 잃지 않았다. 그것이 무대붕은 더욱 기분이 나빴다.

"쓸데없는 소리 집어치우고 어차피 판은 끝난 것 같은데… 부하들 그만 희생시키고 투항하는 게 어때?"

"지금 본좌에게 투항이라고 했나?"

"경우가 그렇잖아? 당신의 수족들이 이미 모두 다 저세상으로 떠났는데 미련 가질 이유가 없잖아? 안 그래?"

무대붕은 코를 후비며 빈정거렸다.

"후후… 이 상황에서 미련을 가질 만큼 어리석진 않네."

"그러면 뭐가 남은 건데?"

"흐흐… 자네와 함께 저승길을 떠나고 싶어서 기다렸을 뿐이네."

"뭐?"

무대붕은 몹시 불쾌하다는 표정으로 험악하게 인상을 긁었다.

"자! 그럼 손님 대접 차원에서 내가 먼저 손을 쓰겠네."

츄아앗!

말이 끝나기가 무섭게 야율노극의 우수가 움직였다. 그와 동시에 그의 파천혈도가 기이한 호선을 그리며 무대붕을 향해 날아들었다.

"……!"

무대붕의 표정이 굳어지기 시작했다.

야율노극의 공격은 그야말로 섬광과 같았다. 손을 슬쩍 움직이는가 싶었는데 어느새 무대붕의 심장 앞까지 그의 파천혈도가 짓쳐 들고 있었던 것이다.

"타앗!"

우렁찬 기합과 함께 무대붕의 몸이 허공으로 도약했다. 그리고 건곤타구봉이 가공할 강기를 쏟아내며 선풍처럼 회전하기 시작했다.

카카카캉!

파천혈도와 건곤타구봉에서 형성된 막과 막이 부딪치며 살벌한 금속음이 터져 나왔다.

야율노극의 신형이 팽이처럼 회전하더니 사방 십육 개 방위로 가공스러운 도기를 폭사시켰다.

파츠츠촛.

푸른 불꽃에 쌓인 무시무시한 칼바람이 고막을 찢어버릴 듯한 괴음향을 뿌리며 돌진했다.

무대붕도 결코 물러섬없이 맞공세를 펼쳤다.

파파파파팟!

실로 짧은 순간에 건곤타구봉과 파천혈도가 무려 삼십여 차례나 부딪치며 불꽃을 터뜨렸다.

대청 안의 군웅들의 시야에는 번쩍이는 불꽃만 들어왔을 뿐 그들이 어떤 식으로 맞부딪치는 것인지 전혀 확인할 수가 없었다.

챙! 차차창!

섬뜩하고 날카로운 광휘가 허공에서 무수히 번뜩이자 군웅들은 눈앞이 어지러워 더 이상 쳐다볼 수가 없었다.

변방과 중원 땅 위에 현존하는 가장 강한 두 사람의 격전답게 최강의 초절정 무공들이 연속해서 쏟아져 나왔다.

어느 한순간,

번— 쩍!

"컥!"

녹색의 광휘가 좀 더 짙고도 강렬하게 번뜩이는가 싶더니 짧고 둔탁한 신음 소리가 터져 나왔다.

그와 동시에 노도처럼 휘몰아치던 수많은 광채들이 느닷없이 사라지며 두 사람의 모습이 시야에 들어왔다.

파천혈도를 움켜쥔 채 꼿꼿이 서 있는 야율노극과 지팡이처럼 건곤타구봉을 바닥에 대고 한쪽 무릎을 꿇고 있는 무대붕의 모습.

누가 봐도 승자는 한쪽 무릎을 꿇고 힘겨워하는 무대붕이 아닌 야율노극이었다.

그러나……

톡… 톡……

야율노극의 미간 사이에 그어진 가늘고 붉은 혈선이 점차 짙어지더니 피가 주르륵! 흘러내리기 시작하는 게 아닌가!

"미, 믿을 수가 없군. 분명… 나의 파천혈도가… 먼저 네놈의 가슴을 관통했다고 느꼈는데……."

야율노극의 눈은 불신으로 크게 확대되는 것과 동시에 마치 벼락맞은 썩은 고목처럼 천천히 무너졌다.

쿵…….

야율노극!

변방 최강의 절정고수이자 대륙의 새로운 주인이 될 뻔했던 거대한 효웅은 이렇게 최후를 맞이했다.

"커허억! 쿨럭……."

무대붕은 고통스런 신음과 함께 한 움큼의 검은 핏덩이를 토했다.

"각하……."

가옥을 비롯한 개방인들이 경악을 하며 휘청거리는 무대붕을 향해 급히 달려갔다.

가옥은 그를 부축하며 걱정스런 표정을 지었다.

"뭐예요? 어떻게 된 거예요? 설마 내상을 심하게 다친 건……."

"괘, 괜찮아. 이젠… 지긋지긋한 전쟁도… 다 끝났다……."

무대붕은 가옥에게 몸을 의지하며 희미하게 미소 지었다.

비록 내상을 입긴 했지만 야율노극의 죽음과 함께 이제 전쟁이 끝났다고 생각하니 너무도 후련했다.

"푸하하하! 전쟁이 끝났다고 좋아할 것 없다."

갑작스런 웃음소리가 장내에 크게 울려 퍼졌다.

무대붕은 급히 고개를 들어 웃음이 터진 곳을 응시했다. 무대붕의 시선이 머무는 곳에 사공중필이 있었다. 그는 벽면에서 돌출한 쇠 막대기를 잡고 선 상태로 득의만면한 모습으로 웃음을 흘렸다.

문득 무대붕의 뇌리에 불길한 예감이 스쳤다.

"이곳이 곧 너희들의 무덤이 될 것이다. 네놈들이 뼈를 묻게 될 무덤이… 후하하핫!"

앙천광소와 함께 그는 쇠 막대기를 밑으로 잡아당기기 시작했다.

"안 돼!"

무대붕은 섬광처럼 몸을 날리며 사공중필을 밀어냈다. 그리고 그가 밑으로 잡아당긴 쇠 막대기를 다시 걸어 올리려고 했으나, 아무리 무공이 고강한 그의 능력으로도 그럴 수는 없었다.

"흐흐… 이미 기관이 작동된 이상, 다시 올릴 수는 없다."

나가떨어진 사공중필은 음산한 미소를 흘렸다.

그그그긍…….

돌연 대청 안의 모든 문들이 천천히 닫히고 있었다.

"헉! 문이 닫힌다. 어서 모두 밖으로 빠져나가라. 어서!"

무대붕은 눈을 부릅뜨며 크게 소리를 질렀다.

거대한 천강석으로 된 석문이 천천히 밑으로 내려오며 어느새 문은 반 정도가 닫혀져 있었다. 사람들은 허리를 숙여 문밖으로 빠져나가기 시작했다.

"흐흐… 그래. 사람들을 탈출시키려면 계속 그 손잡이가 내려가지 못하도록 붙잡고 있는 게 좋을 게야. 붙잡고 있으면 문은 천천히 닫히지만, 만약 놓게 되면 그냥 한 번에 닫혀 버릴 테니까. 물론 그래 봐야 겨우 반 각을 더 버티는 정도겠지만……."

사공중필은 여전히 여유있는 표정으로 느긋하게 말을 했다.

"대체 무슨 수작을 부리려고 사람들이 밖으로 나가지 못하도록 이런 장치를 만든 거냐?"

"천강석 석문이 완벽하게 바닥까지 내려오는 순간, 대청 지하에 묻어둔 천 근의 폭약이 폭발하게 될 것이다. 그렇게 되면 이곳에 있는 사람은 아마 형체도 구별할 수 없는 꼴로 모두 죽게 되겠지? 흐흐흐……."

쿵!

무대붕을 비롯하여 장내의 군웅들은 모두 경악했다.

천근의 폭약이 지하에 묻혀져 있다니?

그리고 문이 닫히는 순간 폭발을 하게 되어 있다니……?

"으헉! 어서 빠져나가자."

군웅들은 웅성거리며 점점 내려오는 석문 밑으로 다급히 빠져나갔다.

"왜 이런 짓을……?"

무대붕은 어처구니없다는 얼굴로 사공중필을 응시했다.

"왜라니? 어차피 지옥밖에 갈 곳이 없는데, 기왕이면 길동무가 많으면 좋잖아? 그래야 나만 죽는 게 덜 억울할 테고. 그리고 심심하지 않을 테고… 크크큭……."

"지, 지독한 놈."

무대붕은 이를 갈며 분노했다.

이제 거의 모든 사람들이 빠져나가고 남은 사람은 가옥과 환규를 비롯한 개방 식구들 몇 명뿐이었다.

"뭐 해? 너희들도 어서 도망치라구!"

"싫어! 각하를 두고 어떻게 우리만 나가라는 거야?!"

가옥은 완강하게 고개를 저으면서 소리쳤다.

"이 바보야! 난 이것을 잡고 있잖아! 이것을 놓는 순간 문이 닫히며 폭약이 터진단 말야!"

"그, 그래도 갈 수 없어. 각하를 두고 난 갈 수 없다구."

"젠장! 시간없어. 어서 도망치라고. 모두 함께 죽을 수는 없잖아?"

"싫어! 각하를 잃느니 차라리 함께 죽고 말 테야."

가옥이 너무도 완강하게 버티자 무대붕은 속이 탔다.

"환규야, 뭐 해? 어서 가옥이 끌고 나가지 못해?!"

"뗀당! 각하를 두고 나도 도망틸 수 없더. 차라리 다 같이 둑다구."

환규도 눈물을 흘리며 고개를 저었다.

"이 새꺄! 여기서 다 죽으면? 그럼 개방에 있는 어린아이와 노인네
들은 앞으로 누가 책임을 질 거야?"

"그, 그건……."

"어서 모두 꺼져. 제발 내 말 좀 들어, 이 새끼들아!"

무대붕은 눈물을 흘리며 피 토하는 심정으로 소리를 질렀다.

환규를 비롯한 다른 사람들은 더 이상 무대붕의 마음을 괴롭히고 싶
지 않았다.

하지만 가옥만은 여전히 요지부동이었다.

"으허엉! 싫어. 난 싫어. 여기서 각하와 함께 죽을 거라구."

가옥은 아예 자리에 털썩 주저 앉으며 어린아이처럼 떼를 썼다.

"환규야… 제발… 가옥이를 데리고 나가줘. 제발……."

무대붕은 환규를 향해 간절한 전음을 보냈다.

환규는 눈물을 훔치며 가옥의 혈도를 집었다. 느닷없이 무방비 상태
에서 수혈을 집히자 가옥의 몸은 젖은 빨래처럼 축 처지며 깊은 잠에
빠져들었다.

환규는 가옥을 어깨에 들쳐 멘 후 무대붕을 쳐다보았다.

"나쁜 대끼. 꼭 더럽고 나쁜 일만 나한테 디켜……."

눈물…….

환규도 울고 남아 있는 개방의 식구들도 모두 흐느꼈다.

그리고 그들은 더 이상 무대붕의 마음을 아프게 하지 않겠다는 듯, 흐르는 눈물을 닦으며 거의 다 내려온 석문 밑으로 신속히 빠져나갔다.

"대단하군. 자신의 목숨을 던져서라도 부하들을 전부 내보내다니……."

사공중필은 입가에 조소를 띠며 비아냥거렸다. 이왕 죽을 거 모두가 다 같이 죽자고 이런 장치를 마련한 그의 사고로는 도저히 이해할 수 없다는 표정이었다.

그그그긍…….

석문은 이제 거의 다 밑으로 내려왔다. 금방이라도 바닥에 닿을 기세였다.

'가옥아, 전쟁이 끝나는 대로 너와 정말 재미나게 한번 살아보려고 했는데… 미안하다. 결국 너와의 약속도 못 지키고 이렇게 먼저 네 곁을 떠나는구나.'

무대붕은 희미하게 미소 지었다. 처음으로 가옥과 지냈던 시간이 너무도 소중하게 느껴진 것이다.

'잘 있거라. 네가 있었기에 난 웃으며 죽을 수 있을 것 같구나. 물론 지금도 죽는다는 게 너무 원통스럽기는 하지만…….'

스르륵!

움켜쥐고 있던 쇠 막대기를 드디어 놓았다.

동시에 문도 닫혔다.

콰앙!

콰콰콰쾅—!

엄청난 폭음과 함께 대청은 폭발했다.

그리고 폭발음 속으로 무슨 소리가 들리는 것 같았다.

…광한이! 모두 네놈 때문야! 이 망할 녀석아!

*　　　　*　　　　*

빌어먹을…….

정말이지 난 내가 원하는 대로만 살고 싶었다.

부하들 많겠다,

무림에서 그 누구도 괄시할 수 없는 위치에 있겠다,

그리고 돈도 제법 짭짤히 챙겼겠다…

어느 하나 아쉬울 게 없는 사람이 바로 나다.

여자가 생각나면 품고,

술에 취하고 싶으면 퍼마시고,

멋진 의상이 있으면 사 입고,

화려한 장신구가 눈에 뜨면 치장하고,

기분 더러운 날은 부하들에게 인상 한번 긁고,

아무튼 기분 내키는 대로 난 그렇게 살았다.

그런데…

그 망할 놈의 자식 때문에 내 빛나는 청춘이 완전히 더럽게 꼬여 버렸으니…….

영웅?

그딴 건 한쪽 다리 들고 오줌발 날리는 저 개새끼한테나 갖다 붙이라고 해.

얼어죽을! 내가 언제 그런 거 시켜달라고 했나?

개똥처럼 굴러도 이승이 좋다고…

내 멋대로 살 수 있는 이 땅에서 내가 원하는 대로 그렇게 천 년, 만 년 살고 싶었을 뿐인데… 정말 그랬을 뿐인데……

이게 모두 네놈 때문이야!

모두 네놈 때문이라구.

젠장……!

□종장□

영웅비가(英雄悲歌)

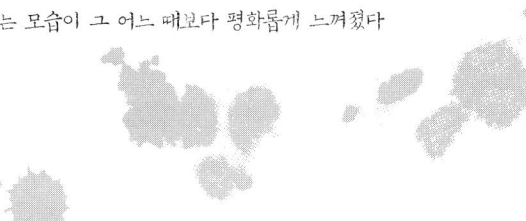

영웅 비가(英雄悲歌)

—하늘에 비둘기가 떼를 지어 날아다니고
있는 모습이 그 어느 때보다 평화롭게 느껴졌다

가을이 가고, 겨울이 오고…
또 봄이 지나고 다시 여름…….

일 년 후,
이날, 황도 낙양에 위치한 영웅묘(英雄墓)에는 중원의 각지
에서 수많은 참배객들이 이른 아침부터 꽃을 들고 모여들었
다.
국난의 위기에서 몸을 던져 조국을 구한 중원의 영웅이자
영원한 개방각하인 무대붕이 이 땅을 떠난 지 꼭 일 년이 되는
제삿날이었기 때문이다.
어느 황족 못지 않은 거대한 능.
그 앞에 가옥과 환규를 비롯한 개방의 식구들이 정성스럽게
차린 음식으로 영원한 그들의 각하를 위한 제사를 지내고 있
었다.

가옥.

그녀는 제단에 술잔을 올려놓으며 눈시울을 붉혔다.

언제나 엉뚱한 소리로 사람을 웃기고 울리던 무대봉의 모습이,

함께 죽겠다고 떼를 쓰던 자신을 향해 눈물 흘리며 버럭 소리를 지르며 성질을 내던 무대봉의 얼굴이 여전히 어제 일처럼 생생하게 떠올랐다.

님이여…

그대가 기억의 회랑(回廊) 속으로 떠난 지도 벌써 일 년…

그대가 떠난 이후 우리들의 시간은 멈추었고,

기억은 그대가 떠나기 전의 상태로 머물러 있습니다.

아무리 귀 기울여도 당신의 그 짓궂은 음성과 언제나 한곳에 머무르지 못하고 뛰어다녔던 당신의 발자국 소리도 이제 더 이상은 들리질 않습니다.

지난날의 악수.

지난날의 우정.

지난날의 사랑.

지난날의 맹세.

지난날의 떨리는 그 입맞춤도 이젠 헛되나니…

아아… 그 모든 것이 헛되고 헛되나니…

당신이 없는 한 우리의 마음 빈 헛 공간은 이제 그 무엇으로도 채울 수 없을 겁니다.

영원히……

"으허엉! 각하님……."

"정말 어떻게 그렇게 허망하게 가실 수가 있습니까? 어떻게……."

누구보다도 무대붕에게 많이 얻어 터졌던 장례단주 주부례는 바닥에 주저앉아 대성통곡을 했고, 늘 잘난 척을 한다고 구박을 많이 받았던 신문팔도 연신 팔 등으로 눈물을 훔치며 훌쩍거렸다.

"띠발… 이제 다디는 울디 않겠다고 맹데했는데……."

패앵!

환규는 눈물로 뒤범벅이 된 얼굴로 구시렁거리며 손으로 코를 풀었다.

"……!"

순간 환규의 눈이 크게 확대되었다.

영중제를 비롯한 조정의 고관대작들이 이곳으로 다가오고 있는 모습을 발견했던 것이다.

영중제도 묘지를 향해 정중한 제례(祭禮)를 치렀다.

황제가 일반 백성의 무덤에 제례를 지낸다는 건 그동안 전례가 없는 엄청난 파격이었다.

하나 무대붕은 조국을 구한 영웅이다.

그가 아니었다면 이 땅은 이미 금마국에게 넘어갔을 것이고, 영중제 또한 이 세상에 존재하지 못할 그런 인물이 되었을 것이다.

그것을 스스로가 누구보다도 잘 알고 있었기에 영중제는 그와 같은 파격의 제례를 기꺼이 할 수 있었다.

'대붕이… 짧은 스물다섯 해를 살면서 자낸 그 어느 누구보다도 빛나는 삶을 살다가 떠났네. 허약한 황실을 위해 조정의 역도들을 정리했고, 조국을 위해 가장 열심히 싸웠고, 그리고 결국은 수많은 사람들을 살리기 위해 몸까지 던졌으니⋯ 자네와 같은 삶을 살았던 사람은 아마 어느 시절, 어느 하늘 아래에도 없었을 것이네.'

무덤 앞에 무릎을 꿇고 있는 영중제의 눈가에 촉촉한 이슬이 고였다.

'하지만 자네의 죽음은 전적으로 내 탓일 수밖에 없네. 내가 제대로 정치를 하고 부국강병(富國强兵)을 하였다면 자네를 떠나보내는 일은 결코 없었을 테니까 말일세.'

영중제는 천천히 자리에서 일어났다. 그리고 뜨거운 눈으로 무대붕의 묘지를 바라보았다.

'앞으로 그와 같은 비극은 절대 없을 걸세. 자네를 생각해서라도 부국강병을 하여 두 번 다시 외세가 감히 이 땅을 넘보는 그와 같은 일이 없도록 만들겠네. 꼭 그렇게 해내고야 말겠네.'

영중제는 문득 고개를 들어 하늘을 보았다.

하늘에 비둘기가 떼를 지어 날아다니고 있는 모습이 그 어느 때보다도 평화롭게 느껴졌다.

대붕이!

이제 편히 쉬게나.

조국과 이 땅의 백성을 사랑했던 그 불굴의 애국 정신은 남아 있는 사람의 몫으로 남겨두고⋯

부디⋯

편히 쉬게나.

나의 아우여…

우리 시대의 진정한 영웅이여…….

〈제6권 終〉